读懂中国

山东省人民政府新闻办公室　编著

山东友谊出版社·济南

图书在版编目（CIP）数据

读懂中国 / 山东省人民政府新闻办公室编著 . —济
南：山东友谊出版社，2024.11
ISBN 978-7-5516-2932-4

Ⅰ . ①读… Ⅱ . ①山… Ⅲ . ①新闻报道－作品集－中
国－当代 Ⅳ . ① I253

中国国家版本馆 CIP 数据核字 (2024) 第 003733 号

读懂中国
DU DONG ZHONGGUO

策划统筹： 何慧颖　韩刚立
责任编辑： 王　洋　王亚太
封面设计： 刘一凡
装帧设计： 刘洪强

主管单位： 山东出版传媒股份有限公司
出版发行： 山东友谊出版社
　　　　　地址：济南市英雄山路 189 号　邮政编码：250002
　　　　　电话：出版管理部（0531）82098756
　　　　　　　　发行综合部（0531）82705187
　　　　　网址：www.sdyouyi.com.cn
印　　刷： 山东集优印刷科技有限公司

开本： 889 mm×1194 mm　　　1/32
印张： 6.375　　　　　　　　**字数：** 150 千字
版次： 2024 年 11 月第 1 版　　**印次：** 2024 年 11 月第 1 次印刷
定价： 88.00 元

序

中国故事，说到底是中国人的故事。要想读懂中国，就要读懂中国人。

960多万平方公里的中国大地，每天都在发生着无数平凡而又难忘的故事；14亿多中国人，每天都在经历着无数生动而又鲜活的瞬间。普普通通的中国人，在中国国家主席习近平眼中，是"美好生活的创造者、守护者""建设者和参与者"……他饱含深情地说："无数平凡英雄拼搏奋斗，汇聚成新时代中国昂扬奋进的洪流。"

从奋斗之人，读发展之变。每一个中国人，都是当代中国的微观缩影；每一个中国人，都是中国式现代化这一进程的参与者和见证者，通过个人的努力和奋斗，推动着现代化进程，也塑造着自己美好的未来。每一个中国人的故事，都是中国故事的鲜活侧面；每一个中国人的故事，都各有缤纷，串联起来就是一幅绚丽多彩、温暖厚重的画卷，汇集起来更是中国式现代化波澜壮阔历史进程中的辉煌篇章。

以小见大，见微知著。《读懂中国》以普通中国人当代日常生活为剖面，以各行各业从业者和他们的生活经历为基底，讲述当代普通中国人的故事——他们可能是为守护生命健康而日夜奋战的医生，是为下一代快乐成长引路的教师，是为了让高铁列车出行更加顺畅安全的动车组机械师，是主动靠近、温暖需要帮助群体的社会工作者和志愿者……在地域和人物选择上，全书力求多样化与均衡性，涵盖东西南北中，既展现中国的城市风貌，也表现乡村图景。

在这些故事中，有个体的经历、情感，又有社会的变迁、时代的记忆；有共同的责任感，又有共同的奋斗目标和对未来共同的期许。在这些故事背后，矗立着一个跨越天南海北的广袤中国，有960多万平方公里的辽阔陆地，有470多万平方公里的澎湃海域，有四季轮转的如画天地，亦有冰与火演奏的华丽乐章。

《读懂中国》以朴实的笔调将中国人的故事娓娓道来，

讲述真实生动、鲜活可感的现实生活，既有对人生百态的俯瞰，也有对个体样本的探微。全书还运用了不需要翻译的影像语言，图文并茂的形式让人可以一目了然地读懂中国。

在中国，有一首脍炙人口的歌曲唱道："我的祖国和我，像海和浪花一朵。"波澜壮阔的盛景，离不开每一朵微小的浪花。每个普通中国人的奋斗经历正像浪花朵朵，源源不断地汇入当代中国的发展浪潮中。在奔涌浪潮的推动下，今日中国将更加蓬勃向上、生机盎然。

是为序。

编者

2024年1月

目录

晓景山河爽，
闲居巷陌清。

一天之计
在于晨

市民在公园晨跑健身

当第一缕阳光穿透夜色，唤醒沉睡的大地，一抹淡淡的朝霞渐渐晕染天际，这是新一天的温暖序曲。在中国的城市、乡间，活跃的身影开始显现，人们慢跑、跳操、快走、打太极……他们用酣畅淋漓的运动开启新的一天，点亮活力满满的美好生活。

你见过早上 6 点的上海外滩吗？

一个细雨的清晨，江面上腾起朦朦胧胧的薄雾，水鸟在天空盘旋，发出悠长的鸣叫，货轮划过江面，荡出一道道轻柔的涟漪，这或许是上海外滩一天之中为数不多的安静时刻，看不到车水马龙，看不到游人如织。已经生活在上海 7 年的意大利摄影师法比奥拉（Fabiola），就喜欢这样的外滩，她已经数不清多少次趁着夜色初退、太阳微升的时刻来到这里，用相机记录江岸初升的太阳和水面折射出的天际线美景。

"不管气温如何，只要一大早去外滩，我总能遇到一群太

▲ 图1—图3 法比奥拉和她拍摄的上海外滩晨练者

极拳爱好者在那里操练，一遍又一遍，尽情享受这迷人的日出时光。"法比奥拉感叹道。

一开始，法比奥拉只是站在人群之外，观察着他们的练习。渐渐地，她也被吸引，试着模仿太极拳的动作。随着关系变得越来越熟，太极拳爱好者们向法比奥拉抛出了橄榄枝，于是她也开始穿上中国传统的太极服，加入了晨练的队伍。

"虽然我还是个新手，但我感到很幸运，能以这样的方式成为这项古老运动的一员，和大家一起探索太极哲学，真的很荣幸。"而太极拳也成了法比奥拉创作的灵感，她用相机记录下清晨的外滩和晨练的人们，让人们看到不一样的上海城市风貌。

"从拍摄的角度来看，太极拳似乎很简单。"法比奥拉说道，"然而，实际上一点也不容易。太极拳是武术的一种，以慢动作的形式呈现，是一种很优雅的艺术。师父说，太极拳如同瑜伽，修身养性，陶冶情操……法比奥拉，在你离开之前一定要学会太极拳。"最终，法比奥拉也真的学会并爱上了太极拳。

早晨是一天中最美好的时光，也是锻炼身体的绝佳时间，很多人都有晨练的习惯。初夏的太阳已散出暑气，早上 6 时，河南商丘被晨练的人们唤醒——在金世纪广场，人们自信满满地随着音乐翩翩起舞；在日月湖景区的环湖健身跑道上，人们迎着朝阳奔跑；在日月河景区，人们三三两两时而散步，时而慢跑；在京港绿地，人们在打乒乓球、打羽毛球……他们成了清晨一道道亮丽的风景。

"白天工作忙，没时间运动，只能晨练。我每天早晨绕日月湖快步走 4.8 公里，基本上可以保证一天的运动量。"在日月湖景区，正在环湖健身跑道上快步走的王林笑着说。

生命在于运动。环湖路上，李红丽和家人一起骑行。李红丽说，只要天气好，便会带家人出来运动，尤其是带着孩子出来呼吸新鲜空气，以增强孩子的体质。

尽管立秋已至，但有"火炉"之称的湖北武汉仍旧暑热未消。每天清晨，热衷户外运动健身的人们趁清晨的凉爽和上班

一天之计在于晨

前的闲暇时光，以运动充沛精力。在武汉常青体育主题公园，前来健步走和跑步的居民将周长 2 公里的环形绿道占得满满当当；不远处的运动园内，三五成群的年轻人在篮球场、羽毛球场飞扬青春；而在健身广场，52 岁的丁丰梅站在队伍最前列。"左边，右边，转圈圈……"她一边跳，一边喊着口号，带着 40 多人踩准音乐节拍。

丁丰梅和舞友们都是公园附近的居民。有了常青体育主题公园，她们的广场舞场地更宽阔、设备更齐全了，也不用担心噪声扰民。"这里很开阔，大家跳得也更尽兴更享受。"丁丰梅说。

据统计，截至 2023 年底，中国共有体育场地 459.27 万个。许多像常青体育主题公园这样的场地得以建设、改建，不少赛事场馆也在赛后向市民敞开大门，人们在家门口就能享受运动带来的小幸福。

在江苏南京，提到晨练健身好去处，人们总能想到五台山体育中心。每天早上 5 点，徐传馨会准时打开五台山体育中心体育场的北大门，人们鱼贯而入，很多老客还不忘跟老徐打声招呼。

对很多南京市民来说，体育场一早一晚共 8 个小时的免费开放时段，是属于他们的快乐时光。仅仅开放场地，已经不能满足人们更高更细的需求。体育中心因此建设了百姓驿站、健康小屋，引入了社区"家庭医生"门诊，建立了医务值班应急救援机制……

在山东济南英雄山的树林里，隐藏着一家"露天健身房"。这里有哑铃、杠铃、吊环、沙袋等各种健身器材，它们都是健身者自己制作的：两个用水泥浇灌的圆柱体，中间再用根铁棍相连就成了杠铃；两块石块被固定在台阶下就成了做俯卧撑的器具……

这里可谓"藏龙卧虎"。锻炼者年龄均超过50岁，最大的一位已84岁，还能做力量训练。健身达人徐太红从小就练习摔跤，练就了一副好身材，背肌宽阔，肌肉线条明显。面对近300斤的杠铃，徐太红躺平身体，举起双臂，一口气能举高10次。

他们没有专业的健身教练。健身点围墙边竖立着的几块大镜子，在他们看来，就是他们的教练。大家借助镜子调整锻炼的姿势。除了深蹲、卧推等常规健身动作，他们还解锁了"豹跑"下山、耍石锁等各种"硬核"健身法。

俗话说，一天之计在于晨。晨练的人们伴着朝阳，用运动的汗水唤醒生活，用行动诠释"生命在于运动"的真谛。他们的身影，在朝阳下熠熠生辉，是一道独特风景。晨练不仅是一种锻炼方式，更是一种生活态度和人生哲学。

被日出唤醒的味蕾

对中国人来说，一日三餐，早餐尤为重要。中国人的早餐远不止是一杯豆浆、两个包子，或一碗稀粥、几碟小菜，它的底座是中国这个闻名于世的美食天堂。地域的辽阔、食材的多样、口味的多元，让中国人的早餐丰富多彩。

"早餐吃好，午餐吃饱，晚餐吃少""早餐像皇帝，午餐如大臣，晚餐比乞丐"，这些盛传于中国民众间的话语，无一不彰显着早餐的重要性。中国人吃早饭的习惯，始于两千多年前的汉代。此后，华夏大部分地区，大都实行早午晚三餐制，既利于生活，也利于生产。从中医理论来看，早餐是开启一天能量的"按钮"，因为辰时（7时—9时）胃气充盛，吃好早餐可守护胃气。待到9时之后，脾经当令，通过运化把食物变成能量，然后输送到人的五脏六腑。有了能量，人这一天才能精神抖擞。

被日出唤醒的味蕾

从东北到江南，从中原腹地到滨海小城，从北国街角到儋州小巷，十里不同风、百里不同俗，一座城市的早餐传递着一座城市的风味。

豆浆油条大概是中国北方最传统的早餐了吧。一碗热乎乎的豆浆，配上金黄酥脆的油条，一口下肚，连清晨吸进肺里略带寒意的空气，都被熨帖得暖暖的。

在陕西西安，有麻花油茶的冬日早晨是熨帖的。一碗下肚，暖和安逸，正好抵御西北朔风的寒冷。早晨6点，天还黑着，经营麻花油茶的贾建利夫妻就开始忙活热锅，煮油茶了。麻花油茶是西安人冬天最爱吃的早点之一，有很多人从十几里外特意赶来，就为喝这一口不变的油茶。已经开业27年的小贾麻花油茶，靠着一碗只要4块钱的美味，红遍了一条街。虽是4元一碗，但油茶的料码可不少，芝麻碎、花生、黄豆盖满整碗，还有老板娘特制的小麻叶，配合黏稠的油茶，一口下去酥酥脆脆，油香满口，却一点也不腻。

湖南人爱吃辣酱，也爱嗦粉。长沙一家米粉店里，店主陈师傅正在教4岁的儿子吃粉。看着儿子还像吃面似的吃粉，陈爸爸忍不住出口："崽啊，粉是要嗦的你晓得不？"一碗香到让人忍不住"嗦"的粉，是怎么诞生的呢？只见陈师傅抓一小把米粉，放入沸水中翻腾几下，再飞快地将粉倒入备

▲ 1 煎饼果子　2 桂林米粉　3 豆浆油条

被日出唤醒的味蕾

好香葱小料的碗中，又舀上一勺大骨汤，码上小火慢炖了数小时的肉丝，一碗热气腾腾的长沙米粉就上桌了。

谁说吃面是北方人的"专利"？一碗香气扑鼻的小面下肚，重庆人才真正醒来。中国早餐，味道至关重要。苦心经营20多年面馆生意的秦云，深知其中的奥秘。在他看来，碱是和面的关键，它能把面中的骨胶蛋白结成致密的网络，锁紧淀粉颗粒，使得面汤不会浑浊，还能使面在嘴里产生令人愉悦的弹性。

武汉人把吃早饭叫"过早"，口味偏好咸鲜，面窝、鲜豆皮，都是广受推崇的早点。而碱面做的热干面，才最代表武汉这个城市的气质。水煮、拌麻油、晾干，芝麻酱必须调配得稠而不澥，这样才能均匀全面地附着在面上。要达到这个效果，需要做面师傅付出足够的腕力和持久的耐心。

就算相同的食材，在中国不同的地域也能呈现出不同的风味和形态。像早餐桌上最常见的豆腐脑，中国人能做出甜、咸、香、辣等不同的味道。馒头，是北方发面面食最原始的形态。馒头、清粥、小咸菜是北方人家常见的早餐搭配。除了馒头，包子也是常见的早餐面食。小笼包、灌汤包、叉烧包、奶黄包、烫面包、核桃包、蟹黄包、水煎包、烤包子……从南到北、从东到西，从荤到素、由咸及甜，包子的世界很精彩。

▲ 1 南京小笼包　2 上海蟹黄包　3 广东叉烧包　4 河南水煎包　5 新疆烤包子

　　烤包子是新疆的传统美食，之所以不蒸而烤，是因为这里出产的小麦具有高筋属性。高筋面粉本来就适合烤，不适合蒸。每天早晨，吐鲁番的牙森·艾买提一家的烤包子店门口就会排起长队，外地游客刚下火车就直奔这里，为了吃到慕名已久的烤包子。他家的烤包子皮焦脆、肉鲜香，一天能卖掉2000多个。新疆的清晨总是热气腾腾，当无数个像牙森一样的新疆汉子从热馕坑里，铲出一座座金黄焦脆的烤包子"小山"，城市和乡村就被这食物的馨香唤醒了。

除了人人都爱的沙茶面，闽版水煎包也是众多福建人的最爱。位于福建福安赛岐二十四米街上的一家生煎包店里，食客总是满满当当。等到包子皮煎到刚刚酥脆，店老板林惠松就在锅中加入凉水，既能保证包子内馅熟透、香嫩多汁，又能让外皮脆而不硬。这样做出来的包子，吃着既有柴片烧出来的香味，还有一口爆汁的感觉。食客们要想吃到刚出锅的水煎包，一定得在灶火旁候着，不然一开锅，5分钟之内包子立马被抢光。

在快节奏的都市生活里，对早餐的首要需求就是简单快捷。天津人最懂得这一点。绿豆面糊摊成的煎饼，薄匀不破；鸡蛋，保证营养；馄饨皮油炸而成的馃算儿，金黄酥脆。煎饼馃子，外柔内脆，鲜香兼备，享用它只需要2分钟。也不是所有早餐都以快取胜。在广州，早餐享受的就是过程。早晨7点，位于老城区的酒家门前，站满了等候开门的人，而点心师傅已经忙碌了整整3个小时。一样样精致的茶点，被一双双灵巧的手赋予生命。广东早茶丰富而奢侈。"茶"只是借口，更重要的是点心、菜肴、粥品。

每一种风味，都有着独属的营养体系和味道识别系统，都源于一方水土的滋养，背后蕴藏的都是这个城市独特的文脉和风俗。对许多人来说，心中向往的早餐，往往代表着一种属于故乡的温暖的生活方式。但所幸的是，他们到了陌生的异乡，也有一些像亲人一样用心制作早饭的人们，尽管大家是萍水相逢，但那份融注在早餐里的满满诚意，也足以疗愈在外的奔波与辛苦。

被日出唤醒的味蕾

上班
路上

▲ 广东东莞地铁 2 号线鸿福路出口，刚出地铁的男子拿着手机掐着时间跑步上班打卡

嘀嘀的车笛声，轰轰的地铁声，叮叮的自行车铃声……城市被各种交通工具的声音交织的协奏曲唤醒，拥挤的人潮涌动在各个角落，新的一天正式开启。

在整座城市都在沉睡、交通脉搏几乎毫无起伏的时候，公交车司机们已早早地赶到公交车场，准备按下这座城市新一天的交通"启动键"。6 时 10 分进车场，接着检查车内安全设施、胎压是否充足、轮胎有无破损等，检查完后对车辆进行卫生清扫、消杀……这一套流程对吉林长春公交集团巴士公司一车队 G62 路驾驶员王成久来说已经成了"肌肉记忆"。

"天冷路滑，大家上下车慢些，注意安全！"冬日的寒意，被王成久一次次的温馨提示驱散。早高峰时的公交车里，拥挤带来的焦躁，被王成久娴熟高超的驾驶技术抚平。

中午 11 点半，王成久将公交车开回到公交车场修整。在

上班路上

食堂吃完午饭，休息片刻后，他将车辆内外的卫生又细致地打扫一遍，为下午的工作做好准备。哪个路段拥堵，哪个路口交通复杂，哪个站点乘客较多，需要停靠时间长一些……日复一日，年复一年，王成久将自己负责路线的状况深深刻画在脑海中。平稳出车，安全归来，像他一样的公交车司机，担负起了城市公共交通的重任。

除乘坐公共交通上班之外，开车上班逐渐成为很多中国人的选择。在小城市，半小时以内的通勤车程，让开车上班成为一种愉悦的体验。但在一些大城市，自驾的便捷之外，拥堵的烦恼也会接踵而来。

生活在北京的宁柯，每天从五环外到三环内工作，他用一个字"挪"来形容这一个小时开车上班的过程。由于高峰期的拥堵，一路上油门根本踩不到三分之一，虽然车上播放着自己喜欢的音乐，但显然这并不能抚慰拥堵时的枯燥。一段时间后，他开始意识到，如果想要摆脱枯燥，那就要好好利用这一个小时的时间。一开始，宁柯尝试听音乐，伴随着美妙音符的跳动，朝气蓬勃地踏入办公室。后来，他转变思路，开始利用这段时间吸收一些养分，尝试听一整本书或学者的

◂ 早高峰时段繁忙的交通

对话节目等。这时，他反而庆幸自己每天能够拥有这样的时间，在快节奏的时代，为自己创造了专注的、连续的学习时间。

据统计，在中国，有超过1400万人同行在超长通勤路上。通勤，正在重塑人的生活节奏，勾勒新的城市边界，联络起复杂的城市群落。甚至跨城上班在京津冀、长三角和粤港澳大湾区城市群中流行起来。

小超在广东东莞虎门长大，毕业后收到了深圳的企业的录用通知书。为了多陪陪家人，加上公司会补贴一部分交通费用，在综合考量后，他选择了跨城上班。他每天7点半出门，一般会提前15分钟到虎门站候车，8点08分列车开动，8点25分到达深圳北站，最后他再坐15分钟地铁，便能到达位于福田区的公司楼下。

李先生是在广深两地往返的，2019年，他在广州南沙碧桂园天玺湾买了房子，和妻子孩子住在这里。不过，他每天要去深圳宝安工作，通勤单程通常要一个半钟头，碰上堵车时间就更长了。一天来回的过桥费、高速费要110元左右。为了节省交通成本，他下班会偶尔接接顺风车单补贴路费。

跨城上班，主要原因首先是居住的城市的房价比较便宜，而且所在小区周边配套比较完善，有多所学校和医院环绕，超市、菜市场也都在15分钟步行范围内。其次是上班的城市

▲ **图 1— 图 2** 乘坐地铁出行的上班族，路上一般看书、听音乐、看新闻、刷社交软件

　图 3 赶高铁上班的年轻人

就业机会多，薪资也高。再就是跨城上班的时间成本、交通费用，正随着地铁、轻轨、高铁等公共便捷交通工具的普及和进步而降低。

20世纪八九十年代，自行车是中国人最重要、最普及的代步工具。1995年，北京市的自行车多达831万辆。每天上下班时间，北京长安街上的骑行大军颇为壮观。随着经济发展，电动车凭借速度较快、骑行省力等优势，逐渐取代自行车成为大众主流出行交通工具之一。

但最近，"自行车王国"骑行热潮，又回来了——晚上8点，长安街北侧天安门城楼前，上百辆自行车浩浩荡荡通过。骑行者当中有锻炼身体的骑行爱好者，有外地游客，有通勤族……他们一边吹着晚风骑行，一边欣赏着长安街两侧瑰丽的建筑。

2020年，子豪大学毕业后来到北京工作。从小就喜欢骑行的他，把陪伴自己成长的那辆山地自行车从老家运到了北京。后来，他换了一辆公路自行车。提车的那个夜晚，他从东单出发骑行到复兴门，感觉自己快"飞"起来了。因为骑行，子豪结识了几位骑友，骑友们一起创建了一个骑行俱乐部——"鸽子窝骑行Club"。如今这个俱乐部的线上微信群已有6个，每个群都有500人。

近年来，得益于交通部门对慢行交通回归的引导，全国多地出台措施优化骑行环境，居民绿色出行意愿不断提升。据北京市交通委数据，2023 年，北京市全年共享单车骑行量超过 10 亿人次，全市绿色出行比例达到 74.7%。

从自行车、电动车，再到地铁、小轿车乃至高铁列车，中国人的通勤工具的变化可谓日新月异。从这些变化中，看得出经济的发展和生活水平的提升。这些变化使得人们的出行范围变广，加速了社会各方面的交流和碰撞。无论是选择在大城市"漂"，还是回小城市慢生活，又或为了家庭选择跨城通勤，通勤的人们背后都有许多故事……

老茶馆的
慢时光

在四川话中，"安逸"是对和美生活的由衷赞叹，同时也表达一种安闲、舒服的生活状态。在川人的安逸生活目录里，泡茶馆以及打麻将、吃火锅肯定少不了。这些休闲项目，代表了他们与生俱来的闲适和浸到骨子里的淡定。

四川当地有一种相当珍贵的动物，它们憨态可掬，步态慵懒、闲适，极其贴合四川人悠闲、放松、恬然的气质和风貌。它们就是被誉为中国"国宝"的大熊猫。四川不但拥有大熊猫，也拥有民俗文化的"大熊猫"——都市老茶馆。

"江南十步杨柳，成都十步茶馆"，四川人尤以成都人最爱泡茶馆。成都茶馆里最有特色的是露天茶馆。这种茶馆的存在，更多是为了让成都人晒太阳方便。四川盆地水雾积郁，鲜有太阳，故有"蜀犬吠日"之典故。太阳偶尔一露，成都人皆走出家门。或公园，或河边，一把竹椅、一小方桌、一杯清茶，便是一下午。要感受地道的成都茶馆文化，就得去老茶馆。在双流彭镇观音阁，保存着一家原汁原味的老茶馆，它因老得金贵、老得够味儿，已成为当地的知名茶馆。

老茶馆坐落在一所简简单单的平房里，木柱木梁，灰青小瓦，没有店名，也没有招牌，两面临街，前后门口全是长长的木质旧铺板。屋子正中央是一方斑驳的老虎灶，灶上整齐地摆放着一溜儿盖碗，几把铜水壶嗞嗞地冒着蒸汽——这便是老茶馆最具代表性的"三件头"。四周竹编的墙、泥糊的壁、石灰刷白的墙面已脱落了大半，竹木桌椅已几经风霜，时光的痕迹结结实实地刻画在这里的每一个物件里。

老板李强是泡在茶水里长大的成都人，自 1995 年开始经营观音阁老茶馆，至今已近 30 年。这些年来，这里一直供应最古老的盖碗茶，以求带给茶客们最纯粹的味道。他的初衷是把记忆中的茶馆模样延续下去："有一些东西还是想守住。"

早饭过后，来茶馆的人渐渐多了起来，一些白发苍苍的老者纷纷过来"打卡"，在茶香和叶子烟的烟雾缭绕中享受着属于自己的慢生活。喝茶、打盹、抽烟、摆龙门阵……仿佛只有踏进老茶馆，茶客们一天的生活才算真正开始。

2023 年 11 月 24 日，老茶客钟光群在观音阁老茶馆迎来了他的一百岁生日。"1939 年，我就在这里喝茶了。"点燃一杆叶子烟后，钟光群打开了话匣，"那时我还是一个小伙儿，正学做铺盖面儿（纺织）手艺，一晃都80多年了。""这里人多热闹，茶水好，现在我待在这里的时间比在家里都多！我每天天不亮就过来，喝到中午，吃了午饭又过来，每天喝两盘茶，一天不喝就浑身不舒服。"

一碗茶，可以喝一早，也可喝一天。没有人催促，没有人吆喝，舒服就好。老板和老板娘围着围裙，端茶、倒水、递烟……忙前忙后地招呼着老茶客，得空就靠在灶台边休息一下。茶馆在轻轻的呷茶声中，在缭绕的烟草味中，在竹椅的吱吱声中，在闲谈的细语声中，在纯朴老茶客的身影中，走过了一岁又一岁。日复一日，年复一年，数十年下来，这里形成了一些不成文的规矩，比如，每个老人在茶馆都有固定的位置，主人不来时茶客自己生火烧水，等等。

茶馆历来是个小江湖。旧时成都茶馆内手艺人云集，除了卖茶的，还有卖报的、擦鞋的、修脚的、剃头的、掏耳朵的……如今这些场景在别处已很少见，但在观音阁老茶馆大家仍能体验一二。

在四川，能与泡茶馆同等重要的还有打麻将。四川人开玩笑说：不泡茶馆，就会失去很多朋友；不打麻将，就会被"开除省籍"。很多时候，打麻将就是在茶馆里举行的。除

老茶馆的慢时光

▲ **1** 在茶馆体验采耳的外国友人

2 在茶馆享受慢生活

3 动物园内的大熊猫似乎也在享受早茶慢时光

4 川剧变脸表演

了打麻将，在茶馆里也可以欣赏让人叫绝的变脸表演。变脸是川剧中的绝活表演。川剧是巴蜀文化的杰出代表，众多绝活中，最为精彩的无疑是变脸。表演时，演员利用技巧，快速变化脸谱。目前，变脸吉尼斯纪录的保持者，25秒可以变换14张脸谱。变脸以魔术般的表演，增加了川剧的艺术张力。

四川当地人泡茶馆，可以空腹而来，一泡泡一天。外地人来到当地老茶馆，更多是为了品过川味火锅之后的味蕾切换。外地游客要体验四川人"巴适""安逸"的生活，麻辣鲜香的火锅当然不能错过。对四川人来说，没有什么事情是一顿火锅解决不了的。四川人对于吃，要的是唇齿舌端的极致感觉，只有"辣椒"与"花椒"组合的"绝代双椒"，才足以满足四川人对味觉的要求。外地游客到了四川，如果没有在色泽浓烈的红汤中经历一场火锅之恋，可以说就算没有来到此地；如果没有在极致的味蕾挑战过后，来上一碗清香的大碗茶，仿佛也缺了点什么。

有人说，四川本身就是个大茶馆，揭开茶盖儿，浮现的都是活色生香的生活场景：谈生意、约牌友、会恋人、看球赛、冲壳子……四川人一生中许多大事小事都在茶馆里完成，氤氲的茶香也凝聚了他们的豁达开朗、潇洒自如。

东北的
冰雪奇缘

▲ 在雪乡快乐玩耍的孩子们

冰雪是冬天里的气氛担当。东北地区是中国版图纬度至北、经度至东之地，这里冬季漫长且寒冷，有着近半年"超长待机"的冰雪季。生活在这里的人们，早已习惯与冰雪为伴，并且逐渐将这份"冷资源"变成"热产业"。

　　2023年冬季，位于中国东北角的"冰城"哈尔滨一下子成了"热点"，走进了全中国人甚至全球人的视野，吸引着一批批远道而来的友人们顶风冒雪与之相见。在"冰城"名片哈尔滨冰雪大世界里，有冰的晶莹、雪的轻盈，有童年里的嬉笑、童话般的梦境……欢呼声总是一阵接着一阵，冰上滑、雪里戏的舒爽和快乐拨动着人们的心弦。冰雪大世界能成为众人瞩目的焦点，离不开背后默默无闻的建设者们。

　　一大早，哈尔滨市松北区万宝镇后沙陀子村的许宝成，和同在一个村的9位师傅，开着两辆车，来到松花江边，准

　　　　　　　　　　　　东北的冰雪奇缘

备采冰。他们被称为"采冰人"。采冰、切割、开槽……每一步都是手艺活儿。

采冰造景在哈尔滨已有百余年历史。在 1963 年开始举办冰灯游园会之后，大量的冰景用冰壮大了采冰队伍。20 世纪末，哈尔滨冰雪大世界创立后，哈城的用冰量骤然增大。为了建造哈尔滨冰雪大世界，每年 12 月，当江冰达到一定厚度时，近千名采冰工人会以日均采冰 1 万多立方米的速度，进行持续半个多月的采冰工作。

采冰头三四天，采冰人需要先用电锯划线切冰。切冰师傅拖着由手扶拖拉机改装的加装电锯的机器，沿着固定的线路，在松花江冰面上纵横切割。切成的单个冰块，长为 1.6 米，宽为 0.8 米。切冰师傅在江面切冰的同时，江水也在江面下持续凝结，等厚度达到约 0.3 米时就可以出冰。

许师傅体重轻，他做的是分冰的工作。连接在一起的几十块冰，从远处江面被运到出冰口后，许师傅就站在这些移动的冰块上，用冰镩把连接在一起的冰分成小块。其他师傅在出冰口使用铁钩钩住冰，三人一组，肩扛手拉，把冰块拽到冰场。冰块由冰场的叉车装到货车上，再由货车运到冰雪大世界工地。

2023 年 12 月 18 日，第二十五届哈尔滨冰雪大世界正式

▲ 1 采冰工人在进行采冰作业
  2 冬日里的童话王国

东北的冰雪奇缘

开园。此届园区总体规划面积81万平方米，为历届规模最大，共使用25万立方米的冰和雪打造了千余个冰雪景观。几年前，许师傅一家第一次去到冰雪大世界游览。"里面建得可真好看，我家孩子玩得可高兴了。"许师傅回忆道。许师傅只是所有采冰人的一个缩影，正是和许师傅一样的所有采冰人的辛劳，造就了今日冰雪大世界的惊艳绽放。

寒地属性，为东北人的生产生活带来诸多不便。可放眼当下，东北人虽然眼前守着的还是这片冰天雪地，但一切都不一样了——这里不仅成为中国巩固"带动3亿人参与冰雪运动"成果的重要承载区，更在对标欧洲阿尔卑斯山、北美落基山等冰雪胜地打造全球冰雪经济新增长极。

"我家在双峰林场，过去这里大多数人都以伐木为生。"樊兆义说，那里植被茂盛，树木似乎多到砍不完。由于特殊的地理位置及气候特点，位于黑龙江省牡丹江市的双峰林场每年积雪期长达7个月，年平均降雪厚度为2.6米。在樊兆义的记忆里，以前因为雪大，运送木头十分困难，木材减产，林场职工被迫转行。望着眼前的冰天雪地，樊兆义觉得，不能就这么一走了之。林场的美景吸引了一些摄影师，他们拍下的"雪蘑菇"照片经网络传播后受到众多人的关注。樊兆义发现，渐渐地，越来越多的外地人到他的家乡游玩。2000

年时，樊兆义一个月的工资仅有两三百元，开个民宿要好几万元，但是他勇敢地做了。他的"尝鲜"也不是毫无底气。由于山高林密、风速小、温度湿度适宜，双峰林场的雪黏度大，降雪随物赋形，千姿百态。第一年，他开了4个房间，70平方米；第二年，民宿就有了收入。随着名气越来越大，游客也越来越多，"中国雪乡"逐渐取代双峰林场，成了樊兆义家乡的新名字。2018年，樊兆义投入了400多万元，民宿规模扩大到30个房间。"现在就怕不下雪。"如今，雪乡景区经营主体已超过200家。从林场退休的樊兆义，冬天是民宿老板，夏天则和家人去外地旅游。上山砍木头的日子一去不复返了。

除了冰雪大世界、中国雪乡，黑龙江还有中国纬度最高、气温最低的县级市——漠河，这里年平均气温在–5.5℃左右，冬天动辄就是–40℃的极寒天气。"我们找到北啦！"在漠河市北极镇北极村，来自四面八方的游客在写有"神州北极"字样的石碑前挥手齐喊、合影留念。每逢冰雪季到来，漠河便迎来旅游热潮。慕名而来的游客纷纷到此"打卡"，在冰天雪地中享受"找北""找冷"之旅。在最冷的地方，亲身描绘"泼水成冰"的壮美景色，成为许多游客漠河之游的标配。泼水分自由泼和集体泼。自由泼水时，参与者带着水杯、暖壶、

▲ 漠河市北极村宁静的夜晚

水瓢等器皿齐上阵，有的几个人排成一排，有的一帮人围圈，有的从前向后泼，有的从左向右泼，泼法不同、效果不同。集体泼水时，随着主持人一声令下，所有人同时用力将热水泼洒出去，瞬间冰箭射出、冰浪迭起、冰雾腾空。

　　每年年底，位于吉林省松原市境内的查干湖会迎来新的冬捕季。查干湖冬捕习俗是国家级非物质文化遗产，马拉绞盘、冰湖腾鱼，原始的冬捕方式是游客们的看点。早上，身穿厚实的棉衣棉裤，脚蹬皮靴，头戴毛帽子，"渔把头"辛继龙带领 50 多人的团队赶着马车出发，向结出厚厚冰层的湖中心走去。不知走了多远，辛继龙叫停队伍。他跳下马车，感受风向，手指着冰面，选中位置。这里就是他今天的捕鱼点。大家开始凿冰，一人打眼，一人清理冰碴，每隔八九米凿一个冰眼，至少要凿几百个冰窟窿；然后利用穿针引线的原理，将几千米长的渔网按照冰洞间的连线形成合围……4个小时后，他们完成了下网。

整个查干湖冬捕期间，会有多个团队同时捕鱼，这既是传承国家级非物质文化遗产代表性项目的切实行动，也是一场"谁找的位置准""谁的收获最大"的良性竞争的擂台赛。"老把头"通常靠经验辨别行进方向和捕鱼点，辛继龙则借助手机等智能设备，让测算更精准。另一位"渔把头"马文岩查找学习资料后改进了网眼尺寸，调整了渔网铺设位置，让捕鱼变得更高效。转眼到了收网的时候，马拉着绞盘一圈圈转动，大大小小的鱼儿被打捞上冰面，又是丰收的一天。

东北的冰雪奇缘

趁阳光正好，
趁微风不燥。

快乐
课堂

朝气蓬勃的校园

小小校园，广阔天地。从2500多年前孔子创办学堂到今日在线教学，教育的形态在改变，但教育理想一直在传承。正如德国哲学家雅斯贝尔斯说过的，教育的本质意味着一棵树摇动另一棵树，一朵云推动另一朵云，一个灵魂唤醒另一个灵魂。

"你知道当一个老师有多不容易吗？" 在媒体发起的话题征集中，获赞最多的留言如此说道："都说老师有让人羡慕的寒暑假，殊不知那是每天早起晚睡换来的。"

6点40分出门，走路到学校；7点，开始迎接孩子们抵达学校；8点早操开始后，穿梭于班级队伍之中纠正学生们的动作；上午上课铃声响起后，开始上语文课；12点，戴上口罩和手套，为学生们分饭；午休时间，为请过假的学生补习功课；下午放学铃声响起后，送学生到校门口……这是北京东城区板厂小学语文教师白玉红老师平凡而又忙碌的一天。

▲ 海南海口港湾小学学生在上课

　　白老师一周有 12 节课，上课前要准备课件，下课后要批改作业、准备有创意的课件、向年轻老师传授经验、组织教学研讨、参与学校活动、和家长沟通……白老师工作的一天，也是无数教育工作者的日常缩影。日子一天天过去，他们将学生牵挂心上，让三尺讲台熠熠生辉，虽默默无闻，终有桃李芬芳。

　　课堂是学习的黄金时间，课间十分钟同样能为学生提供探索与发现的机会。如何让快乐"小"课间撬动成长"大"课题，成为当下热议话题。

　　走进广东深圳盐田区云海学校，趣味十足的科技互动区域令人眼前一亮。学生一下课，走出教室就可以快速到达互动区域，尽情享受"发电轮""灯光隧道""音乐喷泉""水漩涡"等十几个交互式科技体验项目带来的快乐探索之旅，了解和物理、自然、科学相关的知识。"激光竖琴"是其中很受欢迎的装置，学生通过按压不同的位置，就能够弹奏出属于自己的乐曲。

目光从城市转向乡村，近些年，乡村的教育发生了哪些变化？

海拔 2900 米，崇山叠岭，贵州韭菜坪的原野仿佛一片波浪相接的大海，一直蔓延至天际线。2023 年夏天，顾亚和学生共同创作的《海嘎之歌》在"贵州屋脊"唱响，视频在网上的播放量超过百万次，网民称其为"最纯粹的天籁"。从大山深处到舞台中央，音乐让海嘎小学进入了最好的时代，也让顾亚走入公众视野。

2016 年，顾亚自告奋勇，到海嘎小学任教。师范学院音乐系毕业的顾亚，带着一群天真无邪的孩子，开始探索音乐的世界。他在学校开设了各类乐器社团，负责"第二课堂"教学，教授乐理知识，还动员身边的亲朋好友募乐器、线上授课。

欢腾的鼓点唤醒了沉睡的大山，音乐的种子在高寒的冻土中发芽抽枝，在孩子们的心中盛开出热烈的梦想之花。

"孩子们从一开始只是愣愣杵在舞台上，到如今能手舞足蹈、尽情表演，一路走来充满坎坷。是经过无数次翻山越岭后，才有了持之以恒的坚持，以及稳健成熟的台风。"顾亚说，音乐本身不是意义所在，更重要的是借助这座"桥梁"，让孩子们拥有从容面对未来的能力。

顾亚认为，在坚定成为老师这条路上，有两个人对他影响至深：一个是海嘎小学的郑龙校长，另一个则是张桂梅老师。顾亚口中的张桂梅，正是我们熟知的云南华坪女高校长，电影《我本是高山》主角的原型。

张桂梅出生于东北，40年前到云南支教，从此扎根大山。自2008年起，她走访了超过1600户学生家庭，总行程近12万公里，2000多个贫困山区的女孩被送出大山，送进大学。

"自然击你以风雪，你报之以歌唱。命运置你于危崖，你馈人间以芬芳。她的故事，值得你讲给孩子听。"这是感动中国2020年度人物颁奖晚会上，组委会给张桂梅的颁奖词。

银丝如雪，在日月的照耀下熠熠生辉，这是张桂梅的标志，也是她辛勤付出的见证。张桂梅常说："女孩子受教育，可以改变三代人。"她教会了大山里的女孩用知识改变命运，她用教育扶贫阻断了贫困的代际传递。

学校教育是唤醒，也是启发，其本质不仅是传授知识，更是唤醒学生的潜力，激发他们的求知欲和探索精神。

"同学们，梦天实验舱提供了空间站里最多的科学实验设备，它有 13 个科学实验柜的安装空间。"2023 年 9 月 21 日，全国中小学生无比期待的"天宫课堂"第四课开讲了，神舟十六号航天员景海鹏、朱杨柱、桂海潮通过天地互动方式进行太空科普授课，演示球形火焰实验、奇妙"乒乓球"实验、动量守恒实验及又见陀螺实验，并与地面课堂进行互动交流。

"哇！""不可能吧！"看着"太空教师"带来一个个妙趣横生的科学实验，重庆市大渡口区钰鑫小学的同学们有的惊讶得张大了嘴巴，有的兴奋地叫起来，还有的和身旁的同学展开热烈的讨论。

"今天的太空课堂，让我更喜欢科学课了！"三年级六班的陈芊羽整堂课都听得津津有味，"最有趣的是奇妙乒乓球，因为那个乒乓球是用水做成的，我从来没见过这样的球，乒乓球拍往上一打，球就粘在上面了，还可以被打回来，在空气中飘来飘去。我觉得很有意思。"

什么是教育？爱因斯坦说，教育就是当一个人忘记了在学校所学的一切东西之后还留下来的东西。这不仅是说，学校是教育的重要场所和起点，也同样告诉人们，这些"留下来的"，才是学生受教育后获得的最重要的成果，也是学校教育的价值和意义所在。

DESIGN
EXAMPLES

DESIGN
EXAMPLES

我是
"白领"

▲ 重庆沙坪坝，青年设计师们正在讨论工业产品设计

在飞速发展的中国，白领群体日渐扩大。他们作为中国中产阶层的主体，是敏锐的时代见证者和直接的时代反映者。白领与社会同发展，与时代共命运，也正是这一个个平凡而又不凡的个体，勾画出今日之中国蓬勃向上的瑰丽画卷。

早上9点，被一阵轻缓的闹钟叫醒，家住四川成都的雯霓起床洗漱，开始了一天的生活。雯霓是一名程序员，就职于一家全球五百强的信息技术（IT）公司。

"可以吃早饭了。"简单完成了洗漱，雯霓伸了伸懒腰，"早餐比较简单，是前一天晚上泡好的燕麦片，还有妈妈让我必须吃的鸡蛋。"工作后，雯霓还是跟妈妈、姐姐住在一起，在自己购置的房屋还没交付之前，雯霓非常享受一大家子在一起的时光。

▲ 成都高新区天府软件园

　　由于平时的工作需要对接许多国外的客户以及同事，所以雯霓和其他朝九晚五的白领不同，她的工作时间是从下午2点到晚上11点。除了上班的时间稍有不同，雯霓的一天和普通的年轻人几乎没有差别。早上起床靠闹钟，简单的早餐后开始做拉伸运动，这时候 Keep 软件登场；拉伸运动之后开始准备上班，化妆的技巧统统来源于小红书；到了饭点，美团、饿了么、大众点评轮番上阵；出门上班，会用到共享单车；一天的所有开销几乎都是用支付宝、微信支付……便利的手机软件早已让人们习以为常。

成都是中国西南部重要的城市，也是一座非常有活力的城市。在雯霓工作的软件园中，有英特尔、埃森哲、伊藤、国际商业机器公司（IBM）等外资企业入驻。同样的，成都也是一座休闲和美食之城。晚饭时间，雯霓有时会和同事约着到公司附近的美食店吃饭，席间和同事聊聊孩子上学、交通出行、旅游等家长里短的话题，既能增进同事感情，也能减轻工作压力。

每天晚上回家后，和小侄子约定"亲密互动"的雯霓，会享受一段温馨的家庭时光。"作为年轻人，未来的路还很长，不要千篇一律，不要人云亦云，自己的生活方式总归是自己说了算。"雯霓说。

随着近年来中国电动汽车行业的兴起，从设计到制造，汽车行业提供了大量的高端工作岗位。汽车工程师日渐增多，他们开始从"蓝领"阶层步入"白领"阶层。工作在深圳的邢志刚就是其中一员。

2019年，邢志刚加入比亚迪，成为比亚迪汽车公司的一名汽车工艺工程师，主要负责总装工厂生产线设备的规划和投资管理工作。

在工作日，他每天一到公司，首先要做的事情就是整理当天的重点工作，然后跟进项目进度，和设备科同事分析处理生产设备的异常情况，讨论怎样优化设备能更有效地提升生产效率。

"每一项设备的购买，都要经过很多程序。从背景分析到方案对比，再到方案选定，需要和多家供应商对接，并通过电话会议、视频会议等形式进行上百次的沟通。"邢志刚说，"虽然工作略显烦琐，但细节决定成败。我们需要将每一个细节都考虑到，以确保设备不会出现问题。"

中午12点，午餐时间到了，邢志刚和同事们一起在公司食堂解决午饭。食堂菜式丰富，口味多样，能够满足不同人的需求。

不同于单纯的"白领"或"蓝领"，邢志刚作为工程师，既会文职工作，又会实践操作。下午，邢志刚会去车间，检查设备的使用情况。新设备到货安装调试的时候，是他最忙也是压力最大的时候。"在设备顺利投入使用的时候，是我最有成就感的时候。"邢志刚说，"因为一个小小的设备不仅可以降低劳动强度，还可以让整车的性能更加稳定。精密的设备和认真工作的员工，都是产品合格和准时交付的保障因素。"

工作在深圳，这个中国最发达的城市之一，邢志刚却不用为住、行而担忧。公司为员工提供了单人宿舍，使得他能够拥有一个属于自己的空间。下班后，他可以买菜做饭、看书、听音乐，完全享受一段静谧的时光。

工作之余，白领的休闲时间是怎么过的？"95后"金融从业者仇嘉钰给出了答案。

连续几个周末，仇嘉钰都会从上海闵行区赶往宝山区中成智谷创意园区，在那儿一待就是一整天——她是去"干木工活"的。

2023年2月，技多工坊正式在中成智谷创意园区开业，教授木匠手艺，培养"白领鲁班"。学员不仅要在线上自学理论，还要连续七周每周六在线下进行实操训练。在本职工作外学一门技艺不是什么新鲜事，但仇嘉钰为何选择"又苦又累"的木工呢？仇嘉钰说："这是在工作之余自我疗愈的方式。"

第一节实操课，仇嘉钰就在实木的"包围"下，学习用刨子刨木头。握着刨子上的手柄来回推拉，看似简单的操作，实际上手才知道，难！制作榫卯，要用凿子给木构件凿洞，想凿出光滑无毛刺的孔洞，也难！

学木工这么难，之前有心理准备吗？"体验的过程最重

我是"白领"

▲ **1** 上海年轻人下班后热衷去夜校，既扩大自己的社交圈，又给自己充电

2 广州 CBD 白领圈流行上文艺范儿兴趣班

3 "00 后"青年飞行员王伟准备作为航班副驾驶员参与 2024 年春运

要。"仇嘉钰坦言，平时在公司上班，总是被关键绩效指标（KPI）追着跑，周末做木工就是想要体验另一种生活模式——放平心态，不做预设，尽到自己的努力，结果则顺其自然。

据统计，来参加培训的大部分是白领，他们是设计师、程序员、金融从业者等等。"还有成就感的驱动。"仇嘉钰说，如果亲自做完一件木工艺品，再拍照把它发在朋友圈，收获的赞远比平时发美食、美景照要多。

你好，
新农人

▲ 刘莉和父亲刘凤俊在田间查看水肥一体化滴灌技术应用情况

随着现代农业的不断发展，中国的田间地头涌现出越来越多的"新农人"。他们下得了地、赶得了海，还能主动学习新技能，积极拥抱互联网，带动父老乡亲一同增收致富，成了"智慧"种田（养殖）的主力军。

山东高密家庭农场场主刘莉，是当地的种粮能手，目前她的家庭农场种植规模达 5600 亩，已实现了全程机械化，年经营收入达 1600 万元以上。

刘莉的父亲是一位有着 30 多年的工作经验的农业科技工作者。受父亲影响，刘莉上大学时选择了农学专业，毕业后回到家乡，梦想建立一个现代化农场。农学专业的学习经历，让刘莉更容易接受新技术、新方法和新品种。往往是别人还在观望，她却已经开始试验示范了。

"2017 年遇上干旱，农业用水严重缺乏，小麦等粮食作

你好，新农人

物的产量走低。我发现水肥一体化滴灌技术非常适合本地农业生产，于是果断引进。"刘莉说，该技术可节约用水30%以上，节肥10%以上，同时可提高粮食产量10%—15%。

2022年，刘莉又升级了滴灌技术，建成了600亩地的智能化灌溉系统。600亩地被分为8个区，哪个区需要灌溉，人只要动动手指，系统就能收到指令，开启滴灌浇水。田间安装有传感器，当地里水分达到一定程度，系统就会自动停止浇水。

在不断发展科学种田、规模经营的同时，刘莉创办了农民科技大学堂，聘请农业专家为农民上课，把新理念讲给农民听，把新品种、新技术的推广应用做给农民看。在农场与产业的协同发展中，她领着农民一起干，与农民共享科技创新带来的红利。截至目前，刘莉已免费培训农民6万余人次，指导周边上万农户科学种田，并帮助58人成立了自己的家庭农场。在她的指导下，亩均增收500元以上，户均增收超万元。

内蒙古兴安盟阿尔山市白狼镇鹿村因养鹿而得名。这里的森林覆盖率达到80%，夏季温暖短促，冬季寒冷漫长，昼夜温差大，覆雪期长达6个月，而梅花鹿耐寒，大多生活于森林边缘和山地草原地区，在这里养殖梅花鹿实在是不二之选。2009年开始，鹿村带头人郑晓林，为鹿村确立了利用特

▲ **图 1—图 4** 鹿村"林家乐"民宿

　图 5 郑晓林正在喂鹿

你好，新农人

色养殖产业发展梅花鹿产品深加工、旅游纪念品销售和特色餐饮住宿业的发展思路。

就这样，鹿村的"林家乐"兴盛起来，村民的收入也逐年增加，旺季的时候整个鹿村乃至白狼镇都一房难求。但由于地理位置特殊，这里的夏天只能持续一个月左右，旅游旺季很快就过去了，村民们只能在漫长的淡季里等待来年的旺季。

2018年，湖南卫视《亲爱的客栈》第二季在鹿村拍摄。郑晓林参与了节目三个半月的全程拍摄。节目播出后，鹿村火了，郑晓林火了，鹿村的旅游收入达到了200万元。录制全部结束后，节目组将客栈的经营权交付给了阿尔山市白狼镇。

如今，鹿村成立了梅花鹿养殖专业合作社，贫困户通过贷款购买梅花鹿，将其"寄养"在养殖大户园区，由此获得收益。旅游业再也没有淡旺季之分，甚至有时原本的淡季比旺季都旺。

在湖北云梦县下辛店镇金莲湖社区，村民刘友友和20多名工友正在秀湖植物园一期基地里除草。她算了一笔账，她家通过流转土地和自己打工，现在每年赚的钱比以前翻了一倍多。

"我们每天提供至少100个打工岗位，多时一天达200个，惠及周边 4 个村。"秀湖水生态科技有限公司首席科学家肖克炎博士说。

2017 年，先后任武汉大学生命科学院副教授、中国科学院武汉植物园副研究员的肖克炎，出任这家公司的首席科学家。当年，肖克炎在洪庙村（今属金莲湖社区）流转了 200 亩土地，开始大量种植苦草，打造自己的水下森林，乡亲们都亲切地称呼他"草博士"。

眼下，"草博士"正在打造面积 600 多亩的集水生植物保育、销售、科普观光、水生态景观工程建设于一体的水生植物园。肖克炎自豪地说："以水生植物为依托，以一二三产业融合，把我们国家整个水生植物的研发和新品种的培育、应用推广这一块扎根云梦，力争做成国家级的一个示范基地。"

在湖北武汉新洲区，海归女博士岳文雯用弹钢琴的手种出有机蔬菜。她本科学的是钢琴表演，32 岁之前她几乎没有踏入过农村。2017 年，她在丈夫老家武汉新洲区包下 700 亩菜地，创办农业科技有限公司。"采菊东篱下，悠然见南山"的诗句中，把农人和诗人的境界融为一体，而作为一名创业者，岳文雯追求的是，把荒山菜园种成"世外桃源"。经过三年多时间，岳文雯一手打造出 2000 亩的有机田园综合体"我

▲ 1 肖克炎（左一）在向游客介绍国家一级重点保护野生植物——中华水韭
2 岳文雯（中）展示她种植的有机蔬菜

家的地"，不但完成了她自己的现代农业构想，也带动了当地数百名农民增收脱贫。

在岳文雯的有机田园综合体，农田错落有致，有机蔬菜听着音乐长大，不施用化肥、不使用除草剂，严格按照有机绿色农业标准种植。这样的种植模式，有强大的顾问团队指导。岳文雯与武汉理工大学、华中农业大学等知名高校建立产学研合作平台，建立自己的品控体系，多年来专注有机种植，拥有了27项发明专利，全年可产出168种有机蔬菜。生态农业田园综合体，还兼具农耕研学、农事体验、观光旅游、航天育种孵化科研基地、航天科普基地等功能。园区定期还会邀请农业专家，对农民进行蔬菜种植业务培训、农业器械操作培训等。在园区工作的农民们说："我们现在是科技种田，干的活儿更轻松，拿的钱更多了，大家都乐开了花。"

科技兴农，产业助农，知识惠农。在中国，一批有知识、有技能、有追求、有情怀的"新农人"，正争先恐后扎根乡村，为农业发展注入科技力量，为乡村振兴注入新活力。

家门口
就医

身体健康，是幸福生活的基础。新时代以来，中国人民健康水平显著提高，主要健康指标居于中高收入国家前列。这得益于中国卫生健康事业的持续发展。

对中国老百姓来说，在大型三甲医院就医越来越便捷的同时，基层就医条件也在不断完善，覆盖城乡的医疗卫生服务三级网络不断健全，90% 的家庭 15 分钟内就能够到达离家最近的医疗点。开到家门口的大三甲医院、送医上门的全科医生、设置在住宅小区附近的中医馆，让"在家门口看得上病、看得好病"成为现实。

北京城区中心医院向外迁移政策提出以来，北京三甲医院加速辐射邻近地区，北京友谊医院、北京天坛医院、北京朝阳医院等知名三甲医院陆续向外疏解，或在北京远郊建设分院，或向邻近医疗资源薄弱地区输出优质医疗资源。

几年前，74岁的李仓就开始出现右膝关节疼痛的症状，他一直以口服止痛药物、外用膏药等保守方法进行治疗，然而随着膝关节疼痛加重，上下楼梯非常困难，甚至步行两三百米就需要停下休息一阵。"我自己腿脚不方便，家附近又没有大医院，且考虑到要去市中心的医院一来一回得50多公里，病一直拖着没治。"

2018年12月22日，在距离李仓家不到1公里的地方，北京友谊医院（通州院区）开诊。李仓第一时间前去就诊，2019年元旦后，他住进了骨科病房，于1月15日接受了右膝关节置换术，术后一周便可自如行走。"医院开到了家门口，不用再'千里迢迢'进城检查，这对我们来说无疑是极大的便利。"

基层医疗卫生服务成效如何，与基层群众的身体健康紧密相关。广泛分布在街道、社区、乡镇、村庄的全科医生们，让广大群众在家门口就可以获得及时、便利的就医和健康服务。"我又来找赵医生了！"50多岁的胡恩堂一走进河南焦作解放区焦北社区卫生服务中心，全科医生赵黎明就迎上来："血压高了，还是颈椎的老毛病犯了？快让我瞧瞧！"

胡恩堂一直身体不好，有一年春节期间，他突感胸闷心慌，急忙拿起电话打给赵黎明，没想到她很快就赶到了。一番检查询问后，赵黎明判断是心脏出了问题，马上安排老胡到社区卫生服务中心住院。"我讲不清病情，赵医生就耐心地边听边问。我不懂咋吃药，她一遍遍解释到我懂为止，直到出院后，还叮嘱我别忘吃药。能做到这份儿上，真像我亲人啊！"胡恩堂说。

那次急救，让老胡特别信赖赵黎明。从此，不管大小毛病，他都要先问问赵医生。"我进大医院连科室都分不清，正好她是全科医生，啥病都能瞧，感冒、牙疼、慢性病，干脆全找她看。""有时我妈和我孙女生病，我也向赵医生打听。"

作为社区全科医生，赵黎明了解居民的病史，能综合掌握他们的健康状况。有一回，老胡因头晕来开降压药，但她检查后认为，这次头晕并非高血压所致，而是颈椎病引起的，于是让老胡做中医理疗，果然老胡就不头晕了。

百姓对社区医生高度信任，社区医生更是用心用情呵护百姓健康。多年以来，无论有多忙，无论是否已下班，重庆沙坪坝区土湾社区卫生服务中心临床医疗部副主任医师李云刚都会接诊每一位患者。一天，一位他长期服务的高血压患者晚饭后突发眩晕，眼前发黑，恶心呕吐。因老两口在家无法就医，患者老伴急忙打120。几分钟后120医务人员赶到，要求立即送医院救治，这时老人却非得打电话征得李云刚同

家门口就医

▲ **1** 内蒙古呼和浩特眼科医生深入社区为老年人做眼科检查
2 河北唐山丰润区一学校的学生在课堂上近距离感受中医魅力

意后才去医院。

　　这样的例子还有很多。在李云刚看来，正是这种信任使得患者依从性高，从而他能够最大程度解决患者的病痛。从事全科医疗20余年，李云刚擅长诊断处理成人及儿童常见病、多发病，他还致力于组建家庭医生团队，无论严寒酷暑，一直穿梭于小区居民家中检查、换药和进行健康教育。他是老人心中的"主心骨"，也是孩子们信任的"大朋友"。面对孩子的哭闹，李云刚用微笑、幽默的语言甚至准备玩具，让孩子们放松，从而愿意配合治疗。久而久之，李云刚成了辖区儿童及家长的好朋友，部分家长还加了他的微信，遇到问题就直接找他咨询。无论是在上班还是已下班，李云刚都会详细询问病情并解答处理。

　　在基层医疗机构、社区全科医生成为基层健康的重要"守门人"的同时，越来越多的优质中医药资源也变得触手可及。三伏天里，位于陕西西安雁塔区的电子城二〇五所社区卫生服务站中医馆一大早便"热闹"起来。47岁的中医师董建党平均每天要接诊70多人，除了来看慢性病和做预防保健的中老年患者，年轻人过来调理身体的也不少。2012年成立之时，这家中医馆仅有100多平方米，患者开了方子只能上别处抓药。受益于国家政策，2021年，中医馆迁址后规模扩大了10倍，配备了400余种中药饮片和熏蒸治疗机等40多种中医治疗设备，煎药室、针灸推拿室、中医专家诊室等一应俱全。

　　为了方便群众在"家门口就医"，中国持续加强基层医疗卫生机构建设，中央财政每年投入经费予以支持。放眼中国医疗机构，小医院不再门可罗雀，大医院不再处于"战时状态"，基层诊疗在解决人民日益增长的美好生活需要和不平衡不充分的发展之间的矛盾方面发挥了重要作用。

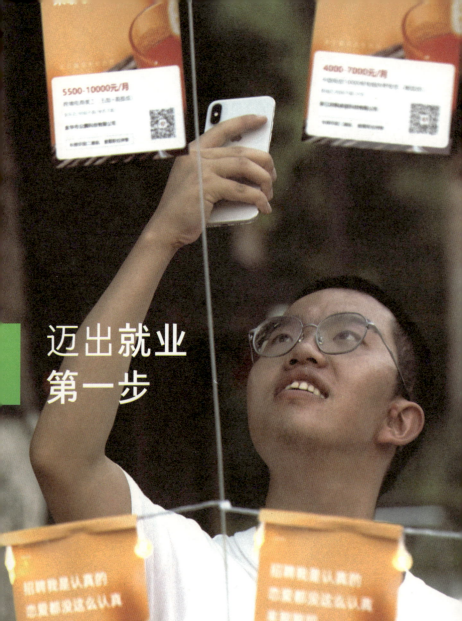

迈出就业
第一步

▲ 浙江金华婺州古城举办高校毕业生"人才夜市"婺城专场，求职者扫码了解岗位信息

就业，对于每一位即将步入社会或者正在寻求新工作的人来说，都是一项挑战，但也是一次成长的机会。只要勇敢迈出第一步，迎接他们的，便是机遇与挑战并存的崭新世界。

2023年2月17日上午，21岁的李楚翘侧身挤过人头攒动的求职人群，来到一家公司的招聘展区。她打开手机，翻开前天收到的面试短信，再抬眼确认展位上方的公司名字后，俯身询问软件开发工程师职位招不招应届毕业生。

李楚翘是重庆财经学院软件工程学院大四的学生，即将毕业的她，自2022年12月开始在各大招聘平台"撒网式"投递简历。前几天，她收到了重庆世纪精信机械制造有限公司的面试邀约。

为了这场面试，李楚翘进行了精心准备，她找了家可以彩印的复印店，打印了简历。当天起了个大早，特意化了个妆，绾起头发，抱着简历来到招聘活动现场。初步面试中，比起预期的薪金，她更关心企业的培训平台以及未来发展。"带好作品，下午来公司和业务主管面谈吧。"初步面试，顺利通过。

当天下午2点，李楚翘如约来到重庆世纪精信机械制造有限公司。自我介绍、作品展示、专业交流……这次的面试，进行得很顺利。"挺不错的，一到两天后，我们会给你答复。"该公司部门主管说。

几天后，李楚翘顺利通过面试，收到了公司寄来的签约协议。2023年7月，她正式毕业，进入公司参加工作。

"90后"大学生张楠，是山西大同人，从安徽建筑大学毕业之后在合肥找到了心仪的工作。从最初考虑回家乡发展到现在留在合肥，回顾自己求职目标的转变，她觉得一切都是水到渠成的最优解。

张楠的研究生专业是市政工程。2022年下半年，张楠开始着手准备求职，留意招聘信息。她按照以往师兄师姐的经历，在网上查看岗位信息，然后投递简历。由于不清楚用人单位的实际需求与情况，很难做到精准投递，简历石沉大海是常态。另外，还存在信息差和"信息茧房"的情况，如果没有及时关注到相关信息，就错过了一次宝贵的机会。"这些方法有很大的局限性。"她说。好在峰回路转，情况发生了变化。

2023年5月，合肥市启动"合肥请您来，20万个岗位供您选"活动，诚邀高校应届毕业生来肥留肥就业创业。相比一般的招聘会，这一活动的招聘精准度更高，投递简历数量翻了几番，求职人员质量更高，其中硕士生占80%，专业的匹配度也很高。

在这一活动现场，张楠关注到了合肥蜀山区的中水三立数据技术股份有限公司。作为国家南水北调工程的信息化技术服务商，这家公司每两年都会举行储备干部培训会，选拔优秀人才进行重点培养，管理岗、职称评比等都有完备的管理指导体系，帮助员工成长，提升职业技能，让员工和公司实现共同发展。听着对方详细的讲解，张楠投递了简历。一对一沟通后，彼此都很满意，于是张楠现场完成了签约。之后，经过岗前培训等流程，她成为这家公司的解决方案工程师。

"第一份工作很符合我的预期。在处于同行业领先地位的公司工作，一定会让我得到更好的锻炼。而且，在这里工作，吃住行都很方便。公司安排了导师一对一指导我尽快适应岗位，帮助我尽快融入新环境。"她高兴地分享着自己的感受。

随着现代制造业、战略性新兴产业等在中国迅猛发展，一些行业对产业工人的需求增多。当下，职校生已经成为人才市场的一匹黑马，备受企业青睐。90%以上的就业率，企业排队到学校抢人……这是当下职校生的就业现状。

教育部发布的数据显示，近10年来中职就业率（含升学）持续保持在96%以上，高职就业率在91%以上，高于普通高校就业率平均值。在现代制造业、战略性新兴产业等领域，新增一线从业人员中有70%以上为职校生。

湖北某高等职业学校负责学生工作的阿美透露，她所在的智能制造学院设有8个专业，涉及机械制造、冶金和工业机器人等方向，其中机电一体化是招生人数最多的专业，就业率达到90%以上。造成这一现象的主要原因，是当地制造业企业对人才资源的巨大需求。

职校生邝嘉隆如今就职于国内人工智能（AI）机器人独角兽企业——优必选科技股份有限公司，担任教育硬件产品经理。他的求职之路在外人看来是逆袭之路。不过，如果从他的经历看，这是厚积薄发的必然结果。

从小就对机器感兴趣、经常拆家里遥控器的邝嘉隆在报读中职时，选择了深圳市博伦职业技术学校的电子技术应用专业。在学校期间，凭借自己的努力与坚持，在摸底入学考

▲ 学生在进行工业机器人实训

试中，邝嘉隆获得了第一名的成绩，并被老师选去参加 VEX 机器人大赛。他非常珍惜这个机会，经过一年多的培训、学习和实践，邝嘉隆和队友一起从省赛晋级到国赛，再晋级到亚太赛，最后前往美国参加世锦赛并斩获最佳设计奖。从中职毕业后进入高职，他仍然不放弃任何一个证明自己的机会，积极参加各类比赛积累经验，最终站在了全国机器人锦标赛一等奖的领奖台上。要知道这场比赛的对手不乏来自清华大学、北京大学等高校的优等生，但凭借扎实的专业功底，邝

迈出就业第一步

▲ 1 全国职业技能大赛参赛选手
 2 第二十二届全国大学生机器人大赛 RoboMaseter 机甲大师高校联盟赛
   在哈尔滨工程大学举办

嘉隆最终"笑到了最后"。

在高职临近毕业的时候，因为平时优异的成绩，邝嘉隆顺利进入优必选科技公司实习并提前转正。他觉得，只要能够证明自己的实力，就一定能有一份好工作。事实也是如此，这股拼搏向上的劲头一直影响着他，引导着他的人生之路。入职之后的邝嘉隆依旧没有放松，工作后，他曾获得 10 余项专利及多项公司内部奖项。

时代一直在往前走，也迸发出更多的新机会。求职的经历千差万别，但只要你勇敢向前，前方便是海阔天空。

一手凡俗，
一手诗意。

"靠近我，
温暖你"

▲ 山东临沂沂南县苏村镇，来自东北师范大学萤火支教团的大学生志愿者在和孩子们一起叠纸

随着中国社会治理现代化水平持续提升，"社会工作者"这个称呼日渐被大众所熟悉，专业的社会工作者群体成为人们社会生活中越来越离不开的角色；志愿服务已然成为社会风尚，越来越多的人，尤其是大学生，投身志愿服务，追逐光、成为光、散发光。

"月季要修剪，这盆绿萝有点缺水了。"这天，上海长宁区北新泾街道新泾四村七彩园艺护绿队队长藏义祥如往常一般，来到"社区植物旅馆"查看绿植状态。作为一名社会工作者，他见证了"社区植物旅馆"的建成和发展，现在他每日巡逻、浇水、维护环境卫生，负责"旅馆"的日常管理和维护运营。

"社区植物旅馆"占地约 10 平方米，空间内布置了 4 个花架。丁奶奶是"尝鲜者"之一，她说："我出门旅游前，

"靠近我，温暖你"

特意把石榴盆景搬过来。回来之后，石榴长势比之前还要好，要谢谢他们这些社会工作者呀！"

在北京、上海、广州、南京等大城市以及经济相对发达地区，社工行业发展比较成熟。很多地方开始采用购买服务的形式，请专业的社会工作者团队上门为居民提供相关帮助，比如社区养老服务、居民心理咨询、重点群体关怀等，倡树美德健康生活方式，让社区更有温度。

"贞姨，我们又来看您了啦。" 2023 年端午假期期间，广东江门江海区江南街道社会工作服务站副站长林凤婵和同事小铃像往常一样，上门看望 70 岁独居老人贞姨。一开门，贞姨就笑不拢嘴，主动拉起她们的手，和她们坐在沙发上聊起了家常。这样温馨幸福的场景，对于林凤婵来说，已经延续了 4 年。

自 2019 年加入社工这个行业以来，林凤婵见证了中国社工行业的快速发展。如今，她与 42 名同事一起为社区提供义剪、义修、惠民利民政策宣传、健康知识宣讲、情绪疏导、家居微改造等志愿活动。

"工作中，我不断收获着服务对象的肯定。他们中有些人还会对我说，因为你们，我们的条件变好了，你们去帮助更需要的人吧。这让我很感动。我时常觉得，我们工作是为

▲ 1 浙江湖州社工在指导职工暑期托管班的小朋友做手工
　　2 江苏无锡社工在为休养院的老人读报纸

"靠近我，温暖你"

了'治愈'服务对象，但服务对象又何尝不是'治愈'了我们呢？这才是助人自助的真正内涵吧。"林凤婵说，"我们不仅帮助服务对象解决具体问题，更帮助他们提高解决问题的能力。这个过程中，我发现自己进步也很快。"

在社区志愿服务中，除了社会工作者，还常常活跃着大学生志愿者的身影。大学生志愿者充满青春骄傲的笑容，如一缕缕温暖的春风，向社会传递青年人的热情与爱心。

"小卢，我的手机怎么没有声音了？"这是重庆大学学生卢波林在社区服务中被问到最多的问题。老年人经常对智能手机的使用产生困惑，于是，卢波林和同学们组织了一支志愿服务队去帮助老年人解决这个困难。他们编写说明书，开展课程讲解。团队已经前往学校周边的30余个社区为老年人开展智能手机使用等培训活动。许多爷爷奶奶从不会调整手机声音到现在常常在微信上打字问他"课多不多"，这让卢波林很有成就感，志愿服务已成为他的"必修课"。

大学生志愿者，不仅活跃在城市、社区，更是一些重大赛事会议的主力军，他们凭借着青春洋溢的热情，助力盛会，展示新一代青年人的精气神。

2023年9月23日至10月8日，第19届亚运会在杭州举行。浙江大学（紫金港校区）体育馆是杭州亚运会五人制篮球比赛场馆之一，共有307名大学生志愿者在此负责服务保障工作，其中有8名被亲切地称为"快擦手"。他们必须时刻待命，在比赛间隙擦拭赛场地板，保持地板干燥，以保证比赛的正常进行。尽管距离赛场最近，但他们不能有半点分神，因为稍有不慎可能就会影响到运动员的表现。

在浙江大学（紫金港校区）体育馆观众服务领域担任公共区引导员的大学生志愿者张健鹏的主要服务对象是前来观赛的观众。在中国香港队与中国台北队篮球比赛的中场休息时间，他像往常一样站在观众席为观众做指引，他见到有一位前来观赛的小女孩给她遇见的每一位志愿者都送上了一张国旗爱心贴纸，还对志愿者们说："哥哥姐姐，你们辛苦了。"那一刻，观众与志愿者的心灵温暖相融，善意与感谢在相互传递中将亚运的意义升华。

据统计，杭州亚运会、亚残运会共有3.76万名志愿者参与其中，他们主要来自浙江的46所高校。大学生志愿者既是这两场国际体育盛会的见证者，也是这两场青春盛会不可或缺的参与者，他们与亚运会、亚残运会双向奔赴，共同成长。

"靠近我，温暖你"

"3 点钟，
饮茶先"

奶茶店里忙碌的工作人员

"喂！3点钟，饮茶先！"充满"魔性"的呼唤让职场人瞬间清醒。下午3点，办公室中这样一个神秘的时间点到了，大家不约而同地交流眼神或者点开部门群，发出"喝奶茶吗"的邀请。对于沉迷工作的打工人来说，没有什么比一杯奶茶，更能抚慰职场人生了。

　　不知从什么时候起，一股中国式下午茶的旋风刮到了职场和普通人的生活中。中国式下午茶中的"茶"是主角，这个"茶"可以是一杯奶茶，也可以是一杯传统的中国茶。

　　奶茶原为中国北方游牧民族的日常饮品。随着丝绸之路的开通，奶茶进入欧洲，经过改良，形成荷式奶茶。在荷式奶茶的基础上，约克公爵夫人加入了鲜奶、砂糖，酿造了英式奶茶。荷式奶茶后来传入中国台湾，英式奶茶后来传入中国香港，兜兜转转，奶茶又回到了中国市场。

"喝奶茶吗？"

"喝！"

"7分甜、去冰、加珍珠，谢谢！"

下午茶时刻，沉默如水的办公室，因为这样一句话，沸腾了起来。辛苦了大半个工作日的职场人，热烈地讨论下单事宜，眼神里闪烁着光芒。

一杯奶茶不单是"快乐水"，还附带着社交属性，早已打入年轻人的职场圈，甚至形成了"奶茶社交圈"。初入职场，想和同事拉近关系可以"请喝奶茶"，找人帮忙可以"请喝奶茶"作为感谢，甚至同事间可以通过交流对奶茶联名的审美看法拉近感情，当然也可以只是单纯点杯下午茶获取快乐……

据外卖平台数据显示，茶饮订单主要集中在午餐、下午茶、晚餐时段，下午时段城市的写字楼、园区等工作场所的茶饮外卖订单比例超过20%，在工位上和同事一起点奶茶已经成了不少职场人的工作习惯。

如果说新兴的奶茶是办公室中的"社交神器"，那传统茶加中式点心，更是掀起了一阵"复古风"。

十月的一天下午，广州的周阳和朋友约在了一家名为"陆山客厅"的中式茶饮和甜品店，尽管是在工作日，这家店里仍然坐满了客人。她们各点了一杯特调纯茶和一份甜品，坐在店内闲聊了一下午。

周阳起初注意到这家店是因为它极具中国风，书法、竹子、石雕等中国传统元素在门店内随处可见，就连产品的命名也都是"一笼秋""吴山翠"等等。

"亲自体验后，发现他们的产品风味也很有中国特色。糯米、汤圆、红豆等中式食材和西式的蛋糕结合起来毫无违和感。"在周阳看来，古朴的陆山客厅与市井传统的茶馆相比有明显区别，无论是产品设计，还是店内陈设风格，都更加轻松简洁，更有着中式审美特色。

周阳赞誉有加的陆山客厅便是时下流行的中国式下午茶文化的缩影。相似的门店正在北京、上海等一线城市崛起并走红，也开始走进一些小城。安徽黄山市一家名叫"光"的下午茶店，则把中国式下午茶搬进了徽派院落，主打饮品为时令水果和茶结合的特调，甜品方面既有红茶桂香芝士等以西式糕点技艺制作的中式甜品，也有基于传统糕点手作技艺制作的创新产品。

上海璞素茶点主理人史云原是一名极限运动员，退役后原本就对食物料理感兴趣的她，在一次茶席上，吃到了与传统茶并不相配的点心，激发了她研究中式点心的兴趣。

▲ 1 陆山客厅
　2 陆山客厅的奶油杯
　3 陆山客厅的甜点和饮品

她研读史书，遵循时令，遍寻顶尖食材，在细微中精进，追求味觉的极致美好体验，把中式点心做得精致讲究，把时令食材用得恰到好处。春用山药玫瑰补气解郁，夏取莲子马蹄清热消暑，秋以陈皮红豆理气祛湿，冬择燕窝芋头润燥滋补……每款茶点的食材选择搭配都依从天地自然之道，遵循传统的东方饮馔智慧。纯手工制作的中式点心，精小雅致，让人一口倾心。

　　不管是在热热闹闹的办公室，还是在清净优雅的中国风茶饮店，中国式下午茶越来越受人们的喜爱。时光在下午茶里慢下来，下午茶不仅是一种生活方式，更多的是一种清静、静心的精神文化象征。

"3点钟，饮茶先"

"四点半
妈妈"

对许多职场父母来说，不管是接娃还是带娃，都是一个难题。在中国，如何让职场父母上班带娃两不误，这个问题正在被多方关注，一个个解法的背后彰显出浓浓的人文关怀。

"课后服务让我们双职工家庭不用逃班了！"下午 5 点，在吉林省长春市第一实验小学门口，接孩子放学的家长们开心不已。家长林丹说："以前学校下午 3 点左右放学，为接孩子，我们夫妻俩轮流请假，接完孩子再赶回单位继续工作。有时还要托亲朋代管。听说学校开展课后服务，我们第一时间报了名。"

除了可以晚点接孩子，一些学校的延时服务还缓解了家长的"辅导压力"。"在学校写作业更快，放学后书包都不用背回家。"长春市北安小学学生聂炜伯说，老师还给批改

"四点半妈妈"

作业、讲错题，回家后和父母的关系变得融洽许多。

在贵州贵阳观山湖区世纪城小学，下午放学后的校园格外热闹。操场上、活动室里，足球训练、跆拳道教学、合唱排练等活动丰富多彩。"以前课后学生们只能在教室写作业，现在能选择很多特色课程。"世纪城小学校长张文敏说。

校园内丰富多彩的社团活动，减轻了部分家长的经济负担。长春市二道区远达小学六年级学生家长高先生对学校开设的编程课非常满意。"外面300元一节的编程课，在学校就能上，这给家长省了一笔钱。"他说。

如今，越来越多的学校开始提供课后延时服务。接送孩子上下学，不再是摆在一个个家庭面前迈不过去的大山。在政府、学校等多方的帮助支持下，多地正在针对这一需求探索更多有效的解决方式。

下午4点半，辽宁沈阳沈河区育鹏小学的校门口聚满家长。在人群中，高桂华和其他几位"家长"穿着统一的红马甲，格外显眼。作为沈阳市沈河区万莲街道清泉社区的志愿者，她们负责帮一些工作繁忙的家长接孩子。

"高阿姨好！"从一年级到六年级，十几个孩子陆续跑到高桂华身边，高桂华笑着摸摸孩子们的头。

这样的场景在这所学校门外已经重复了10多年，这些志

▲　1　学习垃圾分类
　　2　校园小棋手
　　3　孩子们在进行室外文体活动

"四点半妈妈"

愿者也被孩子和家长称作"四点半妈妈"。

"2011年的时候，我发现住在楼上的小两口经常吵架……"高桂华一问才知道，导致两口子吵架的问题竟然是"谁接孩子"。

在辽宁沈阳，小学生放学时，很多家长还没下班，于是"谁去接孩子"难住了很多爸爸妈妈。热心肠的高桂华跑到社区，申请成立了"四点半妈妈团"专门帮助邻居们接孩子。每天家长们只要通过微信群向工作人员发送代管通知，就不用再担心孩子放学后没人接的问题了。

10多年，"四点半妈妈团"从一开始只有4名成员的队伍发展成为今天有45名成员的服务团队，周边很多学校的老师也加入进来。"'四点半妈妈团'还办起了'第二课堂'，有围棋班、书法班，都是免费的。"万莲街道清泉社区工作人员潘颖说。

10多年，一茬又一茬的孩子入学、毕业，高桂华和这些"四点半妈妈"每每回想起来，总是有满满的成就感。"10多年前咱接的六年级小学生，现在都已经是大小伙子、大姑娘了！咱这些当妈的，最高兴的事不就是看着孩子长大吗？"高桂华说。

带娃难的问题，无时无刻不被社会关注。哪怕是微小的细节，举手之劳的事情，平凡的群体也要发出一份光和热，由此上演了一幕幕感人至深的故事。

"看，玩具侠叔叔来了！"在家长怀里哇哇大哭的孩子立刻止住了眼泪。

这一幕发生在辽宁大连的一家儿童医院内，一位保安身上挂满了各式各样的玩偶，治愈了因为紧张而哭闹不止的小患者，让家长的压力减轻不少。

故事的主角叫于晶景，某次在医院值班的时候，他捡到了一个玩偶，便把它挂在了身上显眼的地方，以便失主小朋友能一眼看到自己的玩偶。他一边在诊区巡逻，一边寻找失主，但是一直没有人认领玩偶。之后，于晶景和同事们又陆陆续续捡到了很多小玩偶。他们灵机一动，把这些娃娃消毒之后与"需要帮助请叫我"的胸牌一同挂在巡逻时穿的工作服上，化身行走的失物招领处。

变装产生了出其不意的效果，很多哭闹的小朋友，一看到于晶景的样子，瞬间就被吸引住了，心情也好了许多。"看见小朋友不哭了，我很高兴。虽然我不会治病，但是也为孩子们减轻了一些痛苦。"他说，自己也是一个父亲，孩子们的笑容让他感到满足。于是他灵机一动，决定自己购买小玩具挂在身上，像口袋里装满礼物的"圣诞老爷爷"一样，看

"四点半妈妈"

见哭闹的小患者，便从身上拿出一个送给他们，帮助家长安抚孩子们的情绪。

看似毫不起眼的举动，却收获了真挚的回应。前不久，一位哭闹的小朋友收下了于晶景送出的玩偶，念念不忘。住院期间，这位小朋友天天吵着要见"玩具侠"叔叔，但由于身体原因不方便下楼，直到出院两人也没见上面。复查时，小朋友专门来找于晶景，约定下次见面的时候要给"玩具侠"叔叔送上一个自己的玩具。小小的约定，是孩子对成人世界真善美最朴素的感谢。

大小朋友们珍惜喜爱这个暖心的"玩具侠"，作为平凡岗位上的有心人，于晶景的举动得到了网友们的点赞："他只是伪装成保安，真实身份是藏在医院里的玩具超人！"

◂ "玩具侠"叔叔于晶景

"四点半妈妈"

有种生活
叫旅行

甘肃敦煌鸣沙山，游客骑骆驼赏大漠风光

迎着微风，随着高速路牌迅速向后退去，导游刘静静新的一场旅行又开始了。从山东出发，一路向西，经河南、山西，到达陕西西安。每次"文化之旅"都能让刘静静打起百般精神——既是源于对导游这个职业的热爱，又是对沿途文化景点所蕴含的文化韵味的热爱。

"一直在路上"是刘静静的微信昵称，单从微信的昵称，我们就能对她所从事的职业猜个八九不离十。大学毕业后，刘静静就开始从事导游工作，迄今已有近 10 年时间，她也算得上导游行业的老兵了。

"保持热爱，共赴下一场山海。"旅游大巴启动后，刘静静鼓励游客们。接下来，她简单介绍了一下这趟"文化之旅"——到河南朝拜岳飞庙、参观殷墟，在山西观览乔家大院，到陕西夜游大唐不夜城。"这条线路所及的河南、山西和陕西三省，孕育了璀璨的中华文明，承载着丰厚的历史积淀和文化底蕴。灿若星河的文化景点，总能以历史之厚重，让你感受泱泱五千年文明之绚丽。"刘静静介绍说。

当天晚上，旅行团顺利抵达河南安阳。第二天一早，旅行团到达了第一站——汤阴岳飞庙。"怒发冲冠，凭阑处、潇潇雨歇。抬望眼、仰天长啸，壮怀激烈……只要提起《满江红》这首词，人们就会想起抗金名将岳飞。"刘静静以深情朗诵《满江红》的方式带领游客开始了一天的游览。

汤阴岳飞庙是后人为纪念南宋抗金名将岳飞而建立的祠庙，是一处保存较为完整的明、清古建筑群。岳飞庙临街大门为精忠坊，上书"宋岳忠武王庙"六个大字。刘静静引导游客进入岳王殿，殿正中有一尊高大的塑像。"这就是抗金名将岳飞，他头戴帅盔，身着锦袍，腰挂玉带，足蹬战靴，凝目远视，气宇轩昂。"每当讲到这里，刘静静总会把讲解的声音放缓，同游客一起放慢节奏，以示崇敬之心。

"洹水安阳名不虚，三千年前是帝都。"参观完岳飞庙，刘静静与游客一起来到殷墟。认识中华文明，从安阳殷墟开始。带领游客漫步殷墟遗址，刘静静边走边讲解：近代以来，考古人员在殷墟发现中国最早成体系的甲骨文、中国最早的车马坑遗迹、中国最早的女将军妇好的墓葬、世界上出土最大且最重的青铜器后母戊鼎，使殷墟齐备都市、文字、青铜器三大要素，成为中国历史上第一个有文献可考，并为甲骨文和考古发掘所证实的古代都城遗址。

殷墟遗址中，最让游客赞叹的是甲骨文。"甲骨文是中国已知最早的成系统的文字形式，是世界四大古文字之一。"刘静静说，"有了文字，我们的祖先从结绳记事时代进入文字传承时代；有了文字，中华文明得以绵延不断地发展。"至今已有约 15 万片刻辞甲骨从殷墟出土，记有 5000 余单字，卜辞 10 余万条，内容涉及政治、经济、文化、天文、气象等各个方面。"从文字中，我们能够窥见古人的生活。知来之路，才能让我们更坚定对中华文明的自信之心。"她向游客讲解道。

整个行程的第二天，旅行团横穿过河南，来到山西乔家大院。"山西省素有'中国古代建筑博物馆'之称。全省现存有大量明清时期的民居建筑，它们大都集中在晋中的祁县、平遥、太谷、介休一带。这些深宅大院不仅是当时富商大贾的宅第，也是显赫一时的晋商的历史见证。我们今天参观的乔家大院就是它们其中的一个代表。"刘静静娓娓道来，带领游客走进这座恢宏大气的府邸宅院，领略乔家百年宅院的庭院深深，探寻和思考乔氏家族修德、治家、经商的故事和传奇。

乔氏家族是清末民初举世瞩目的晋商巨族，几代人在长达200多年的经商历程中，坚定自信，满怀豪情，开拓进取，奋力崛起。其诚信为本、兴家报国的儒者气度和家国情怀，彰显了一代晋商的文化智慧和商业精神，为后世留下丰厚的物质和精神文化遗产。

最让刘静静敬佩的是乔家"在中堂"乔致庸的经商和治家理念。他告诫儿孙：经商之道首重信，即以信誉取胜；次讲义，不以权术欺人，该取一分不取二分，昧心黑钱坚决不挣；第三才是利，不能把利摆在首位。他训诫子孙立身处世，要戒掉三个字：骄、贪、懒。他亲自拟好的对联请人写好刻就，挂在内宅门上——"求名求利莫求人须求己，惜衣惜食非惜财缘惜福"，以告诫儿孙，切莫贪图安逸，坐享祖业。

"诚信和自强，这两种精神不只体现在晋商身上，更深入到中国人的精神深处。"刘静静很享受这样的旅游体验，不仅能向更多的人展示中国文化的瑰丽，更能一次次地洗礼自己的灵魂，"以乔家大院为载体的文化还在，它展示过去、昭告现在、启迪未来"。

陕西大唐不夜城 ▶

时间的江水一去不复返，总有些记忆会成为永恒。整个行程的最后一站，是千年古都西安。这是一座见证了数个朝代的兴衰更迭的城市，历史在此凝固成了一幅幅壮丽的画卷。

漫步大唐不夜城，仿唐建筑飞檐斗拱、层楼叠榭；华灯初上后，不夜城里灯火璀璨、游人如织，宛若一个"小长安"。白居易雁塔题名、诗仙李白醉酒吟诗，还有古诗古画中的簪花仕女、青史留名的房谋杜断……散落在史书典籍中的故事，通过现代舞蹈、真人演绎、现场互动等形式，再次呈现在世人面前。

暗闻歌吹声，知是长安路。"这里的一乐一舞都有典故，一步一景都能让我们感受到历史的厚重，在这里民族自信心和自豪感油然而生。"随团的游客感叹道。

人们在旅游中感悟文化的魅力，亦在旅游中享受自然之美，感受山的险峻、水的柔美、海的浪漫、沙漠的苍茫、草原的辽阔……如今，旅游已成为中国人重要的休闲生活方式。每逢节假日，许多人会选择走出家门，去北京逛故宫，去宁夏西夏王陵探秘，去青海湖环湖骑行，或去广西桂林泛舟山水间，去海南三亚拥抱大海，去甘肃敦煌骑骆驼欣赏大漠风光……

▲ **1** 广西桂林，游客体验竹筏漂流
   2 海南清水湾海岸

有种生活叫旅行

最美
中国风

胡登清在为学生整理头饰，准备拍摄汉服照

放眼当下中国，以汉服、旗袍、传统首饰等为代表的古风国潮尤为青年人追捧。越来越多的人把对汉服、传统首饰等的热爱经营成事业，成为"国潮"澎湃的推动者。

"快上楼帮着进行客服分流、打印订单。"下午 5 时，胡春青、孟晓霞夫妻二人的汉服公司来了不少网络订单，胡春青赶紧安排一位工作人员帮忙。不远处，妻子孟晓霞和几位工人正忙着裁剪、缝制汉服。这对夫妻的状态，是中国"网红小城"山东菏泽曹县众多电商商家的缩影。

2014 年，正在读博士的胡春青回家乡探亲时，发现县里、镇里正大力发展农村电商，很多年轻人都在做汉服生意并因此发家致富了。这瞬间激起了胡春青的兴趣，他也想回乡创业试试。很多人不理解胡春青的想法，因为他的博士专业是材料加工工程，和汉服推广与销售完全不搭边。家里的亲戚也都觉得，好不容易供养出一个读到博士的娃，现在他转身又要回到老家农村干淘宝生意，多少有些难以接受。

要不要放弃留在大城市的机会回乡从零开始创业，一度让胡春青很纠结。好在和他在一个学校学习美术专业的妻子孟晓霞和他站在了一起，鼓励他大胆闯一闯。就这样，夫妻俩一拍即合，将目光投向了表演服。古装武侠剧、玄幻剧中那种白衣飘飘、充满仙气的感觉深深吸引着胡春青，他希望能够从中华民族博大精深的历史文化中挖掘出商机。

没有什么比热爱更能激励一个人的行动。夫妻俩回到沈阳后就向老家做表演服的亲戚要了产品照片，还自己动手美化了图片，着手开了淘宝网店。没想到，开店当天晚上2点多就成交了第一单。之后，业务量接连增加，孟晓霞索性回乡全职打理网店，一人包揽布料、辅料采购和设计、生产，胡春青则一边在外读书，一边兼做线上销售，网店平均每年销售额达70多万元。小两口尝到了创业的甜头。

2018年，胡春青完成学业回到家乡，正式开启创业之路。从两地配合到并肩作战，夫妻俩的网店生意扶摇直上。

到了2020年，在新冠疫情影响下，很多线下舞台演出以及电影、电视剧的拍摄被迫停止，胡春青的表演服装售卖也受到了严重冲击。这时候，细心的胡春青发现汉服网络售卖热度却丝毫不减，于是他开始向汉服行业转型。

相对于普通演出服而言，汉服承载着上下五千年的文化积淀，需要有独特的、体现传统文化的版型，配色和花型设计也要格外讲究。胡春青顶着资金链压力，坚持以客户多元化、个性化需求为导向，翻阅了不少书籍资料，拼命学习传统服饰手艺、形制等，只为设计出更多的自主原创产品。就这样，妻子孟晓霞负责研发和设计，胡春青管生产和网店销售，用心、用情把汉服原创做好。他们认为汉服不仅代表着一种美的传递，更代表着一种文化的传承。

作为曹县汉服协会会长，胡春青注重挖掘和培养刚毕业的青年大学生，让他们能够有所担当，共享汉服产业所释放的巨大红利。胡春青的公司建立了1.1万平方米集生产、展示、销售于一体的原创汉服产业中心，产业中心分为产品研发设计区域、标准化生产区域、原创汉服新品发布区、新媒体直播电商区等，吸引了大批青年积极加入主播行业，为汉服推广助一臂之力。

"汉服文化热"还推动了传统首饰制作。在传统首饰制作技艺里，花丝镶嵌是最为精细的一种工艺。花丝镶嵌又称细金工艺，是从春秋战国时期流传下来的传统手工技艺，在中国历史上主要用于皇家饰品的制作，现已被列入国家级非

最美中国风

物质文化遗产名录。运用花丝镶嵌工艺制作首饰，常用的金属丝有金丝、银丝、铜丝三种，用丝最细仅 0.14 毫米，几乎与头发丝粗细相同。一位来自山东济南的"90后"小伙儿吕纪凯，他的愿望，就是继承发展花丝镶嵌、点翠等中国传统技艺，让大家看到传统首饰的美。

吕纪凯很早就喜欢一些比较精致的东西，学美术出身的他在考取了山东工艺美术学院之后，选择了首饰设计专业，开始接触到中国传统文化和一些古代首饰。一开始他只是喜欢首饰，也收藏了一些，慢慢地就开始学着制作，研究首饰的工艺。毕业之后，他在济南开设了自己的首饰工作室。

刚开始的时候，吕纪凯做一个花丝香囊，光画图就需要一个月的时间。花丝香囊制作比较复杂，需要把银丝先做成几毫米大的小环，再把它们焊接成网，套一层小环之后，再焊接起来，然后打磨、抛光、鎏金，共20多道工艺，整个香囊做好，怎么也得小两个月的时间。"现在我熟练了，一个香囊一周左右就可以做好，比当初需要一两个月已经快很多了。"

吕纪凯最得意的一件事情就是复刻出二龙九凤一品诰命冠。这件事情的起源是，他朋友得到了一件诰命夫人的古董衣服，让他有了复刻诰命冠的想法。于是，他专门去了杭州、

▲ 图1—图2 吕纪凯正专心于首饰制作

最美中国风

长沙等城市找资料。耗时一年，历经熔银、拉丝、酸洗、镶嵌、点翠等 1000 多道工序，用多达几百根粗细不同的拉丝，再加上榫工艺、刻字工艺，才将作品完成，其间虽然困难重重，但是当作品成功的那一刻，他心里还是非常满足的。功夫不负有心人，这个作品后来荣获了 2020 年山东工艺美术年度精品奖。

"我觉得它（花丝镶嵌）现在就是我的全部，我的生活其实已经全都融入其中了，每天睁眼就是关于花丝镶嵌的东西，闭眼就是在想设计图。"吕纪凯说，"沾上这门手艺，就放不下了。"

有了汉服、古典首饰，手里再撑上一把花边伞，这种古典美的氛围感简直就被营造到了极致。由唐斌杰带头制作的花边伞亦成了年轻人热衷的物品。高中毕业后，唐斌杰就开始接触刺绣。他的老家山东泰安大汶口镇一直以来就有手工刺绣的传统。后来电脑刺绣开始流行，手工刺绣受到极大冲击，唐斌杰开始思考手工绣品的出路。

2005 年，他自己设计的第一把花边伞面世，上面绣有大汶口地区的传统花边，很漂亮，市场需求量却很小。他没有放弃，到处寻找商机。从 2010 年开始，他尝试在亚马逊海外网站上投放产品，主要针对国外用户。没想到，一下子就找

▲ 图1—图3 在唐斌杰、冯衍俊夫妇眼里，每一把自己亲手制作的花边伞都是宝贝

对了销路。

　　之后，唐斌杰和妻子冯衍俊带动乡里乡亲们一起做伞。他们将伞的制作过程分拆成几十道工序，上一道工艺的工人制作完成后，将伞送到下一道工艺的工人手里。刚开始冯衍俊还需要手把手地教工人如何去绣花边伞，后来员工多了，他们就可以相互学习。一名绣工，每年能因为花边伞制作增收 1.5 万余元。花边伞，也成了村民的"致富伞"。

最美中国风

人间岁月歌，
最抚凡人心。

当你
老了

人们在公园里吹拉弹唱

在中国，尊重与关爱老人，是社会的共识。随着中国逐步进入深度老龄化社会，"老有所养"成为社会、家庭和个人三方共同努力的目标。或许"老"没有想象中可怕，"老"也可以是安然的，有活力的，充满无限可能的。

当前，不管在中国，还是从世界范围来看，居家养老都是最主流的养老方式。除了大部分老年人有自理能力，可以在家照顾自己这一原因之外，还因为居家养老最为便宜。更为重要的原因是，数十年如一日生活的社区是老年人们熟悉的场所，在自己家中生活能够自己掌控生活节奏，这对于老人的身心健康非常重要。

浙江杭州西湖区北山街道友谊社区的吴育先老人已经94岁了，除了听力逐渐下降，身体还算得上硬朗。老伴儿不在了，女儿也不在杭州主城区居住，吴奶奶考察了几家养老院，最后还是选择了居家养老。

夕阳西下，落日的余晖透过窗子洒进吴奶奶的房间，吴奶奶捧着报纸专注地读着。吴奶奶说："我一天要看很多报纸，时间都不够用，生活很充实。"

几年前，身体更好一些的时候，吴奶奶喜欢自己走路去几百米开外的老年食堂吃饭。90岁以后，街道、社区担心她过马路不安全，就开始为她提供配送服务。早上，邻居在手机上帮她选好菜品，午、晚餐前老年食堂的师傅会给她准点配送到家。吴奶奶家紧挨着北山街道友谊社区的办公小楼，专职社工侯炜几乎每天都要上门看一看她。

像吴育先奶奶这样的高龄独居老人，在北山街道还有不少。北山街道公共服务办公室主任胡晓冬称，北山街道是西湖区老龄化程度最高的一个街道，常住人员有3.5万左右，60岁以上有10260多人，约占30%。如何为这1万多位60岁以上的老年人搭建适合的养老服务体系，是摆在街道面前的难题。

街道一方面为社区里的失能、半失能老人提供有床位的专业养老服务，另一方面为吴奶奶这样更愿意居家养老的人群，提供助餐、医疗等服务。至2023年末，北山街道建成了1个街道级的居家养老服务中心、2个老年食堂、2个社会化助餐点，还有1个社区卫生服务中心及4个社区卫生服务站点。

67岁的郑义华和丈夫李永东已携手走过40余年，年轻时两人一同打拼事业，退休后他们与儿女住在一起。居家养老之余，趁着身体情况还好，他们时不时会出门旅游拍照。2015年，在朋友介绍下，两人走进四川老年大学学习摄影课程。

"原本以为老年大学会比较枯燥，结果老师讲'美术史'，我一下就被吸引了，一连上了几期。"李永东介绍。除了老年大学的摄影课，两人还报名网课学习图像的后期处理，也时常拿着相机一起外出拍摄，互相点评。

摄影、声乐、话剧、烹饪……两人的身影出现在各种课堂上，每周至少有一大半的时间，他们都在老年大学里学习。郑义华说："又进学堂的感觉真好。"郑义华和李永东老两口成了老年大学里的"明星学员"。两人表示，这样的养老生活愉悦了身心，充实了精神世界，只要身体允许，两人会一直一起学下去。

《2023年国民经济和社会发展统计公报》显示，截至2023年底，中国60周岁及以上人口为29697万，占比21.1%；65周岁及以上为21676万，占比15.4%。

中国正进入深度老龄化社会，养老产业成为大热门。越来越多的老年人开始走进养老院或养老社区，安享他们的老

▲ 1 内蒙古阿拉善盟额济纳旗老年大学的学员们正在学习书法

2 湖南永州道县老年大学的学员们正在学习表演京剧《麻姑献寿》

年时光；越来越多年轻人投身养老行业，"朝阳"守护"夕阳"的故事正在温情上演。

"王奶奶，您还能记起我不？"拉着王奶奶的手，陈思笑着说。听完陈思的话，患有重度小脑萎缩的王奶奶似懂非懂地点了点头。

"你不是到我家串门来了吗，咱进屋坐一会儿啊……"在陈思的一番"劝说"下，王奶奶终于不乱走了。

陈思是沈阳市天柱山（远大）老年公寓的院长。这个长相清秀的女孩身上有着令人羡慕的关键词：哈佛大学硕士毕业、曾经在华尔街拥有一份高薪工作……2013年，陈思选择从美国辞职回到家乡，当起了养老院的院长，将自己的青春和数百名银发老人的幸福紧紧相连。

2002年，陈思的母亲和姨妈创办了一所养老院，还在读高一的陈思便开始在养老院帮忙。"很多老人在这里一住就是十几年，他们几乎是看着我长大的，所以我对老人们也有了一种发自心底的亲切感，我喜欢和他们相处。"陈思说。

2013年，陈思接手了养老院，从此成了爷爷奶奶眼中的"全能孙女"，包揽了养老院里包括院长、心理咨询师、营养师、兼职护工、活动主持人等多个职务的工作。

"在国外，我常利用周末时间去考察当地的养老院，并

当你老了

着手研究了国外的养老体系和经营理念、老年人如何安排自己的晚年生活等问题。" 回国后，陈思在经营中引入了许多国外养老产业的先进经验，主张"文化养老"。她自认为这是她给养老院带来的最显著变化。

"传统的经营理念着眼于照顾好老人的吃和住，保证老人的安全，而对老人精神世界的关注比较少。"为此，她鼓励老人成立了老年模特队、老年合唱团，建立了团体心理咨询小组，还积极动员老人们通过设立老年委员会自主、自立地为自身服务。

她细心地了解每一个老人的性格和爱好，让他们能发挥出自己的特长，潜移默化地疏导老人内心的焦虑。吕阿姨是养老院里公认的"歌星"，陈思就在养老院里为她举办演唱会；蔡奶奶以前是教古汉语的，陈思就请她给老人们讲汉字的故事；边爷爷关注时政，陈思就定期请他给大家解读国家大政方针……

在陈思看来，怎样对待老人，是一个社会的文明风向标。每个人都会老，但衰老和死亡也是很多人不愿直视的问题。"我在校主攻人类发展与社会心理学，研究人从出生、成熟到衰老等每个人生阶段的发展规律和心理特点。我相信，我能为养老事业做些事情。"

2023 年 10 月，"五十年后在养老院人间清醒"系列短视频在网络上走红，老人们用年轻人的语言风格解答年轻人的困惑，引得网友夸赞不断，视频账号"哏都养老院的哏事"也收获了大量粉丝。短视频中有趣可爱的老人生活在天津市南开静雅老人院，视频拍摄者陈卓是这家老人院的院长。

2023 年 3 月，29 岁的陈卓辞职回到天津，开始经营这家养老院。在陈卓看来，除了物质条件，精神上的陪伴和疗愈对于老人同样重要。年轻的陈卓萌生了拍短视频的想法。"一开始拍摄视频只是想记录老人们的日常起居和生活，为他们保留更多的影像资料。"陈卓说，"在这个过程中，我也逐渐发现了他们身上'哏儿'的特质。"

慢慢地，这些短视频不仅吸引了年轻人的关注，也给养老院老人们的生活带来了新气象。"通过短视频平台的传播，老人们重新找回了被需要、被认可的快乐。"陈卓说，"只要是对老人有益的事，我就会一直坚持做下去。"

老，是每一个人终究要面临的问题。或许"老"并不可怕，而是一种"平常"。从北山街道友谊社区到老年大学，从天柱山老年公寓到南开静雅老人院，让人们看到了中国老年人养老生活的一种可能：有自由，也有保障。在这个基础上，时间不是一条长路直通终点，而是生生不息的循环。

当你老了

家是心归的
方向

回顾中华文明发展史，丰衣足食、安居乐业一直是中国人民最朴素的追求和愿望。安居才能乐业，拥有一个适宜且稳定的住所，在外打拼事业才没有后顾之忧。

"在万家灯火中，有属于自己的一盏灯"，是每一个中国人的梦想。

2020年底，29岁的陈维在上海买了一套90多平方米的房子，作为小两口的婚房使用。30多年前，陈维的父母刚结婚时，和陈维的祖父母挤在一室一厅的房子里。1995年，陈维的父亲购入一套60多平方米的单位福利房，陈维和父母终于有了独立的住房。陈维一家三代住房环境的变化折射出中国人居住条件的改变。

伴随居民收入水平的不断提高，中国百姓对住房的需求持续攀升。陈维说："我祖辈那一代的主要诉求是一家人有

家是心归的方向

地方住。父辈买房时，会考虑在能力范围内买面积更大的房子，提升住房舒适度。到了我自己买房的时候，我还会考虑小区环境、物业管理、区位等多方面因素。"

住房对于中国人，过去是"有没有"，现在是"好不好"；过去是"规模型"，现在是"品质型"。走进位于山东淄博张店区的新东升·佑园项目，林水环绕、移步换景。项目结合淄博市"全域公园城市"建设，与文体公园项目同步规划、同步建设，通过空中环形跑道将文体公园、文体场馆连接在一起，实现"公园深处有人家"。在《山东省高品质住宅开发建设指导意见》中，山东省从6个维度、用48个字全面阐释高品质住宅：质量优良、安全耐久，功能优化、健康舒适，环境优美、便利宜居，设施完善、技术先进，低碳绿色、节能环保，服务精细、邻里和谐。诸如此例，中国人的住房观念正在经历深刻的转变，从"住有所居"转向"住有宜居"。

除了买房，租房正成为中国人住有所居的重要途径。更多保障性租赁住房（简称"保租房"）、公租房的出现，缓解了初入社会的"城市新青年"的住房、租房压力，让他们更有底气、更有动力留在大城市为梦想打拼。

"上海有你更美好，你因上海更青春。"一进入上海闵行区新时代城市建设者管理者之家，这句话便映入眼帘。这里有社区住宅型、宿舍型出租房源，通过"一张床、一间房、一套房"帮助来沪新市民们筑起"一个梦"——安居梦。在所有租户中，年轻人占比颇高。张颂蔚、吴涛、苏元宝是社区宿舍型出租房源租户，他们三人共居在一间约35平方米的四人间内。房间内有两个上下铺，布局类似学生宿舍，厨卫、洗浴设备俱全，还有每个人各自的储物和学习空间，租金是每床每月500元。

来自河北邯郸的张颂蔚从部队复员来到上海已经6年，从事安保工作。1998年出生的吴涛，18岁时离开家乡安徽只身来到上海打拼。来自山东临沂的苏元宝是这间房间里的"老大哥"，高中毕业后来到上海至今已15余年。其间，他在"城中村"租过每月1000多元的房子，也跟人在老旧小区里合租过每月3000多元的一居室，无论是安全性还是便利度，它们都赶不上现在这个"家"。他和吴涛在附近的小区物业公司工作，每人每月500元的租金由公司负担，自己只需每月承担几十元的水电费。整个社区的配套设施非常齐全，门口的超市、小店，走路几分钟就到，他们在工作之余，还可以去门口的篮球场打球，去安静的自习室学习，去共享"唱吧"里唱歌。

苏元宝还去打听了同社区的其他房型，这里还出租"一

▲ 1 江西吉安泰和县澄江镇官溪村，连片的农房与周围农田相映成趣
　　2 新疆阿克陶县克孜勒陶镇牧民麦麦提艾散·图尔迪一家住上温馨楼房

套房"，套均面积为 60 平方米，平均月租金为 3500 元，正好适合他们一家一起住。等居住证办好后，苏元宝就准备去申请。"孩子们还可以在附近上学，我们全家终于可以团聚了!"从一张床到一套房，苏元宝不仅圆了安居梦，也圆了安家梦。

近年来，中国高度重视发展保租房，着力解决新市民、青年人的住房困难问题。早在 2021 年 7 月，国务院办公厅就印发了《关于加快发展保障性租赁住房的意见》，首次在国家层面明确了中国住房保障体系的顶层设计，提出建设以公租房、保租房和共有产权住房为主体的住房保障体系，并明确了保租房基础制度和相关支持政策。2024 年《政府工作报告》提出，加大保障性住房建设和供给，完善商品房相关基础性制度，满足居民刚性住房需求和多样化改善性住房需求。目前，全中国已有 30 多个省份陆续出台了加快发展保租房的实施意见，40 个重点城市提出了保租房的发展目标，并制定了具体的实施办法与方案。

其中，"北上广深"四个一线城市具有庞大的租赁住房需求，也是保租房供应的重镇。数据显示，2021 年到 2025 年期间，北京、上海、广州、深圳分别计划筹建新增保租房合计超 200 万套（间），在总筹建规模中占比约三成。

　　　　　　　　家是心归的方向

毕业后，在北京工作的小喻一直与他人合租，很不方便。过了两年，小喻住进了万科泊寓 28 街区店，生活品质大为改善。他所住的是一套 36 平方米的精装 LOFT（阁楼式）公寓，月租金为 2800 元。小喻说，现在整租的租金和先前合租差不多，公寓设施完善，小区环境、安保也不错。小喻安居梦的实现，得益于北京市顺义区面向毕业的大学生推出的保租房项目。

"要真正融入广州，前提是有一个适合自己的住处。""90后"青年赖文辉在广州的住处或许是不少独居都市青年梦想的家：房间里摆放着简约的家具，窗明几净，装潢清新淡雅，站在阳台上能远眺珠江新城璀璨的夜景。对于这名广州新青年来说，简单的家具风格、有所盈余的居住空间是其在广州最基本的幸福感。

大学毕业后，赖文辉进入广州一家啤酒酿造企业就职，并住在公司员工宿舍。虽然员工宿舍价格低廉，但居住空间有限，私密性较差。2018 年，赖文辉偶然得知公司有公共租赁房名额，于是提交申请，顺利地拿到白云区金御苑的公租房名额。"第一印象是房间格局不错，有阳台，采光通风都挺好的。"赖文辉说，租住的房子约有 48 平方米，但租金比其他同地段同类房型便宜了不少。"公租房让我在广州有了落脚点,改善了居住环境,更让我对这座城市产生了归属感。"

棚户区改造作为一项重大民生工程,有效改善了困难群众的住房条件,帮助上亿人出棚进楼,实现安居。家住湖南津市城东新区的王奶奶就是棚户区改造的受益者之一。

湖南津市是一座历史悠久的工业城市。津市原有城市棚户区 247 万平方米、城区黑瓦屋 20 万平方米。这些棚户区存量大、问题多、功能弱,曾是城市更新、社区再造进程中难啃的"硬骨头"。津市出台了棚改政策,除了拆迁补偿款项,棚改户购房还可享受安置补贴(二手房 3 万元 / 套、新房 5 万元 / 套)。王奶奶享受了这个政策,再加上两个女儿拿出部分家庭积蓄,2019 年她在城东新区购买了商品房,满足了改善居住的需求。

在全新的住宅小区里,王奶奶经常在晚饭后由家人陪着在小区内悠闲地散步。回想棚改搬家前一家四代人挤在一起住的日子,王奶奶说:"那是 50 多平方米的老房子,连客厅和阳台都安了折叠床,客人来了都没法落脚。""新小区和老房子相比真是一个天一个地,现在我享清福了。"王奶奶说,小区所处的城东新区新建了大型超市商业点、农贸市场,增加了小学、中学、大型公立医院,还开了好几条公交线路,生活配套设施既便捷又齐全。

阅读点亮
生活

▲ 阅读爱好者们在地铁上翻阅图书

仔细观察，不难在中国的各种场合发现喜欢读书的人们——在敞亮的书店里、在安静的图书馆中、在疾驰的地铁上，人们沉浸于书籍的世界中，徜徉在文字的海洋中，借书香滋养蓬勃的灵魂。阅读如一盏明灯，点亮城市，也点亮人们的生活。

　　下班时刻，人潮拥挤的地铁中，总有一些人趁难得的通勤"放空"时刻给自己"充电"，捧一本书开启另一段旅程，对抗世界的喧嚣。

　　图书编辑朱利伟是北京地铁高峰时段千万通勤者之一，2018 年的一天，她在挤得满满当当的车厢里发现有位乘客正在读一本经济学论著，一边读一边用笔写写画画。"他拿着那本书，似乎全身在发光，吸引着我，让我注意到：哇！有人在看书！"这束光让朱利伟久久不能忘却，她决定用手机把这一束束光收集起来。

朱利伟拍到的照片都很有趣：一名男子在喧闹的车厢中撑开一个马扎儿，坐下来津津有味地读一本科学书；一位戴着眼镜、头发灰白的老者在车厢里朗读一本中学生的英语杂志；一位摩登女郎从皮包里拿出了一本厚厚的《战争与和平》；背着公文包的男子沉醉在《三国演义》的最后几页，差点坐过了站；两位小朋友在座椅上一起看着《纳尼亚传奇》，交流着书中情节……

朱利伟在豆瓣个人主页上建了一个名为"北京地铁上的读书人"的相册，自2018年至今，相册里已经有超过2600张照片，记录了2600多个捧着书本埋头读书的身影。在她的镜头里，地铁俨然成了"一座流动的地下图书馆"。

"地铁上阅读，好像有一种魔力，能把你一整天在工作上的纷扰都过滤掉。"工作了二十几年的毛毛姐，每天都会在下班回家乘坐的地铁上阅读。对于她来说，在地铁上读书，就好像进入了书中的平行世界。身体仍置身在拥挤的车厢中，心却可能在《天香》中的晚明士大夫的园林中。这不仅让她觉得通勤不再漫长而枯燥，也能让她放下工作上的焦虑。在地铁上读了书，她就能把所有的烦恼丢在下班路上，回到家后，她就能更快调整到舒适状态。我们以为地铁读书是阅读黄金时代最后的余晖，但其实，阅读仍是现代社会的普遍需求。

"即使整个城市都沉入黑夜，这盏灯也为你亮着。"忙碌了一天的人们，在下班后，也能找到一盏可供阅读的灯，一方可沉醉于书中的空间。比如，深圳中心书城的24小时书吧，自2006年成立，至今已为这座城市的无数奋斗者点亮了15万多个小时不灭的灯光。黄威是这家24小时书吧的店长，他在这间书吧遇见过备考的学生、勤奋的上班族、浪漫约会的情侣、看书的音乐人……见证了数万人的故事。

在这家书吧里，坐在靠窗的座位能够一览街道的风景。眼睛劳累的时候，透过玻璃窗远眺，可缓解疲劳。戴上耳机，手边放上一杯手冲咖啡，邻里之间互不打扰，给人满满安全感。2021年，34岁的陈世豪决定从金融行业转行做律师，他利用下班时间到24小时书吧备战司法考试，被店员亲切地称为"法考哥"。其间，黄威常常作为一名陪伴者，聆听着陈世豪的生活分享，诸如哪门考试又没考过、最近又学到了什么东西，等等。2022年，陈世豪通过法考，他特意将喜讯分享给了黄威。从白天到黑夜，从生面孔到熟面孔，从陌生人到好朋友，与读者的每次互动，充实着黄威工作的每一刻。这里就像是一座"深夜食堂"，人生百味，尽在这四方书吧里。

▲ 1 深圳中心书城的 24 小时书吧

　2 山东济南，第 32 届全国图书交易博览会上，读者在选购图书时代在变，阅读也在变。当互联网不断革新着中国人生活的方方面面，"书"也逐渐被冠上"电子"的标签。很多人在用电子设备阅读，只是他们不像捧纸质书的人这般显眼。看起来在滑手机的乘客，其实正在读《解忧杂货店》；戴着耳机的乘客，可能也不是在听音乐，而是在听《平凡的世界》的语音版。

在广东广州工作的徐家颖下班后，在地铁里戴上耳机，点开喜欢的有声书，一路听到家。徐家颖说，两个多月，她已经听了3本人文通识类的书，相比以前无聊刷手机，充实了许多。和徐家颖一样，如今许多人选择了听书这一阅读新方式。随着手机、车载系统、智能穿戴等终端设备的普及，人们在通勤、开车出行、健身、做饭、睡前等各种场景下，通过听书来获取知识或是消遣。

手机等电子设备，推动了阅读的多元化发展。手机能用图文并茂、影音结合的多样方式展现内容，让阅读内容不再局限于文字。这让内容变得更容易理解，并有助于培养人们的阅读兴趣。喜马拉雅、微信读书、帆书（原"樊登读书"，2023 年改名）……一众读书软件成为人们手机中的热门软件。以"帆书"为例，作为中国国内最大的线上付费阅读平台之一，它将一本书的内容提炼成40—60分钟的精华解读，通过音频、

视频等方式让人快速吸收掌握，深受广大读者的喜爱和追捧。截至 2023 年 12 月，帆书注册用户已突破 6900 万。

阅读，对中国人来说，已经是无处不在。阅读不再只是局限在书房中的体验，它已延展到了不同地点与形式上。每个人都能在多元的阅读环境中，找到适合自己的方式。2023 年 4 月 23 日，在第二届全民阅读大会上，第 20 次全国国民阅读调查结果发布。调查结果显示，数字化阅读方式的接触率为 80.1%，"听书"和"视频讲书"成为阅读消费新选择，超过三成的成年国民养成了听书的习惯。

◄ 书的无尽世界

综合体里的
烟火气

夕阳西下，街旁的路灯依次亮起，又一个晚高峰如期而至。可以回家与家人共进晚餐的人无疑是幸福的，也有很多上班族涌入一个又一个城市综合体，在其中获得放松和休憩。

北京，东三环，距离中央商务区（CBD）不到4公里，紧邻世贸天阶的地方矗立着一幢独树一帜的城市综合体——侨福芳草地。它与周边商业区的繁华、居民区的静谧均"格格不入"。金字塔的外形、中空的设计，都赋予它一种别致的美。

郭阳大学毕业后来到北京打拼，初到北京，他只知道王府井、三里屯、国贸等商圈可供放松、消遣。初次了解侨福芳草地，是一次骑车途中偶然路过，郭阳被它别样的外观所吸引。几周后的一个傍晚，当郭阳再次踏入此地时，他真正感受到了与在其他商圈不一样的体验。独具特色的室内设计，无处不在的艺术设计，以及许多珍贵的艺术收藏，达利的雕塑、姜亨九的画作，还有杨韬那从 10 层楼的高度拉下 628 根红色细线、洒向楼底佛像的艺术作品，均让人耳目一新。

行走在其中，郭阳发现建筑内并非采取传统的叠床架屋式的商场构造，而是有一座长达 200 余米的步行桥横穿整个建筑，将内部各部分连接在一起。郭阳可以轻松地在里面满足购物、吃饭、参观等需求，既跳出了工作与居住场景的逼仄，又可以在其中自由穿行。

在场地中漫步，郭阳深切感受到侨福芳草地与其他商圈的区别之处，那就是它能让人感受到一种街坊般的"情怀"。除开商场的设计和琳琅满目的艺术收藏，它的魅力在于人和人之间的互动联结。这里有着中国大陆第一家特斯拉体验店、第一家 COS，其中一度有一半的品牌是首次进入中国市场，品牌小而精，平均开店时间较久，使得其中的服务较商业性之外，又多了一种亲切感，极大地提升了客户黏性，让顾客更有在邻家购物的感觉。

走出侨福芳草地，郭阳已经将它列入了心愿单，它像是一件精巧的作品，尽管在城市化的大潮中微不足道，却为诸多上班族保留了跳出日常桎梏的一种可能。

长沙，湘江畔，夜幕降临，属于年轻人的时间才刚刚开始。每到这个时候，江边的一栋建筑里就开始大排长龙，这便是长沙文和友。

阿凯是第三次来到长沙，对于这个具有长沙本地特色的地方已不再陌生。每次来长沙，他都要到文和友走一遭。走过不算宽敞的大门，路过热火朝天的外卖站和人头攒动的游客中心，径直进入到里面的主体建筑，此时身旁的餐位已座无虚席，连空气中都充满长沙辣子的味道。文和友占地面积达2万平方米，共有7层，里面收集了很多老长沙的旧物件。大到一面墙、一扇窗，小到电视机、收音机、桌椅板凳，都是旧时光里的样子，完整地还原了20世纪80年代的长沙街景。明明是室内建筑，却把老街的样子搬了进来，让人有一种漫步在室外街巷的感觉。这里没有购物中心的商业氛围、博物馆的庄严肃穆，只有三四十年前长沙街头巷尾的生活气息。在无数个瞬间，阿凯都仿佛走进了时光隧道，触摸着那个依靠公用电话和书信联络的时代的脉搏。经历过长沙20世纪80年代的人，可以在此找到小时候的感觉，感受那时候相对慢节奏的生活。而年轻人看到这一切，也可以更好地理解父辈们的生活环境。在文和友的五楼和六楼还建有空中缆车和美术馆，于游客沉浸式游玩中，对长沙老街的历史进行了

综合体里的烟火气

总览性的总结与回顾，使来访者更能理解长沙这座城市的发展与变迁。

初听长沙文和友，阿凯还以为这是一个"高端、大气、上档次"的商业综合体，但走近之后，才发现其如此"接地气"。长沙文和友的菜单做得很有特色，除了主打招牌菜，还有10元、20元、30元的不同菜品分类，价格分级简洁明了，有利于提升点菜效率。面对各界对文和友采用大排档营业模式的质疑，文和友的首席执行官（CEO）冯彬回答道，尽管大排档不"高端"，但是可以给予人们一种宽松自在的气氛，在大排档，人们可以肆无忌惮地大声说话，天热了打赤膊也没关系，可以卸下面具，拥抱最真实的自己。市井的气氛看似土，却总是让阿凯觉得很亲切，恐怕这也是长沙文和友受到公众追捧，得以长盛不衰的根基所在。

有人说，对于上班族来说，只有夜晚的时间才是属于自己的，他们希望将夜晚无限延长，竭尽全力让可支配时间再多一分一秒。在快节奏的今天，城市综合体让人们卸下心防，尽享悠然。

▲ 长沙文和友

综合体里的烟火气

人人都是
摄影师

▲ 天南海北的游客汇聚到济南大明湖的超然楼，等待亮灯，举起拍照留念

在过去，摄影是高门槛的技术活动，需要昂贵的相机和专业的知识。但如今，随着数码相机、智能手机的普及和社交媒体的盛行，越来越多的人开始热爱摄影，"人人皆可摄影""人人都是摄影师"的时代骤然降临。

晚上 6 点，黄山风景区猴子观海景点，天色渐渐暗了下来，气温骤降了七八摄氏度，游客们都纷纷下山，只有李建设在"蹲守"，等待着山下的灯光亮起。猴子观海景点处，石头垒砌的坡顶凹凸不平，很难架起脚架。老李却自有办法，他在自己选定的独家位置架起脚架，调试、拍摄。在他看来，"日落前一小时，黄山上光线柔和、色彩丰富，此时是摄影的黄金时段，最适合拍照"。

李建设是黄山风景区狮子峰上一家酒店的厨师，已在酒店工作 20 余年，烹调之余还酷爱摄影。2013 年，李建设抱

人人都是摄影师

▲ 1 左手掌勺，右手摄影
  2 以"五绝"著称的黄山被誉为"摄影家的天堂"

着试试看的心态，将其摄影作品《黄山风光》向全国性的摄影展投稿，没想到居然获了奖。惊喜之余，他摄影的劲头更足了。从厨师到摄影师，从门外汉到获得专业奖项，李建设在摄影中不断发现美好。他将一些摄影艺术巧妙地运用于菜肴制作中。对徽菜名品"太白鱼头"采用摄影黄金分割线法进行大胆研究；借用徽州文房四宝（宣笔、徽墨、宣纸、歙砚）的形象，打造饱含古徽州文化内涵的冷菜拼盘；以"徽州三雕"为盛器制作造型生动的点心。

曾经的曾经，拍照片是一种奢侈。只有逢年过节等重要时刻，人们才会精心打扮一番，去照相馆定格下珍贵的岁月印记。曾经的曾经，摄影师是个稀罕的职业。20世纪七八十年代，一个特大型国有企业才会设一个专职摄影师的岗位。现如今，摄影早已"飞入寻常百姓家"，特别是在手机摄影功能被空前强化的情况下，"人人都是摄影师"早已成为生活常态。在李建设工作的酒店里，有很多像他一样"半路出家"的摄影师，他们都是普通的服务员、保安、电工等等，因为兴趣和执着，都在"破圈"中找到了乐趣。

在离黄山风景区200多公里的合肥供水集团，有一位叫刘涛的抄表工。他每天走在熟悉的街道上，用铁钩掀开井盖，蹲下身，拿出手电筒，快速地记录着水表上的数字。如此这

149

般，白天走街串巷抄表是他的日常，但下班后，他就换了一种身份，随身携带的铁钩也变成了挎在肩上的相机。还是熟悉的街道，还是一样地走走停停，让他与这一条条仿佛早已熟悉得不能再熟悉的街道发生关联的，已经不是水表的数字，而是相机的镜头。让他开心的是，自己镜头下的街道、市井众生，既熟悉又陌生，既亲切又新奇，所拍的几千张照片中，有趣味、有温情、有谐谑、有反讽。慢慢地，他的照片因为独特的街头风格而受到关注，他逐渐火了起来，被人称为"野生的摄影大师"。他还从国内红到了国外，他的摄影作品被《时代》周刊、BBC 等国外媒体报道，还亮相德国、日本、法国等地的影展。

在业余发烧友、街头摄影师同样也能够赢得与职业摄影师一样赞誉的今天，那些原本需要摄影记者记录的新闻"第一现场"，仿佛仅仅需要路人举起手机就能记录了。一天中午，中国铁路济南局集团有限公司日照车辆段的列车检测员刘子杨刚从外面返回宿舍，便听到很多人在外面吵吵嚷嚷。起初他以为是邻居在吵架，凑上前去看，才发现很多人在救一个就要从二楼窗台掉下来的小孩。小孩的头卡在窗户外的护栏上，身子悬在半空，情形十分危险。情急之下，邻居孔艳鲁从楼梯转角的窗户爬到楼外，脚踩管道，一手扒着窗台，

▲ **图 1** 抄表工刘涛街拍中
   图 2— 图 3 抄表工刘涛的街拍作品

人人都是摄影师

一手托起孩子的双脚。随后，孔艳鲁的父亲孔祥峰赶到现场，和其他几个邻居一起搭起"人梯"。邻居们在楼下撑起被子，附近路过的司机开来厢货车，有人拨打110，有人联系消防队……半个小时后，邻居们合力将孩子托回家中。

用手机随时随地记录发生在身边的有趣的事，已成为当代中国人的日常。现场围了很多人，刘子杨随手用手机拍下四张照片，"既然不需要自己上前帮忙了，把这邻居们帮忙的场景记录下来，也是一件挺有意义的事"。最终有惊无险，众人把孩子救回了房间。只是，当时刘子杨并没有发现自己这随手拍的"价值"。救助孩子的孔艳鲁、孔祥峰和几个邻居从没想过自己会因此"出名"，还登上了《人民日报》和央视新闻。而刘子杨的这张照片，获得了国家级摄影媒体举办的摄影月赛那个月份中唯一的一等奖。

如果说"最美人梯"是个体行为，那么您见过千人同时举起手机拍摄相同场景的宏大场面吗？2023年，耸立在"泉城"济南大明湖畔的超然楼火爆出圈。全国各地的游客纷至沓来，只为在超然楼的亮灯一瞬用手机记录下来。周末下午5时，距离超然楼亮灯还有1个小时，楼前的游客就渐渐多了起来，有的站在广场上，有的坐在花坛边，寻找自己中意的拍摄角度。下午5点59分，超然楼周边已聚集了上千人，个个都高举着手机准备拍摄亮灯瞬间。而当 6 时超然楼准时亮灯时，现场更是"哇"声一片，千余名游客举着手机同时"瞄准"眼前场景，这种场景怎一个壮观了得。

中国互联网络信息中心发布的第 53 次《中国互联网络发展状况统计报告》显示，截至 2023 年 12 月，中国手机网民规模达 10.91 亿人。通常能上网的手机都具备影像采集功能，这意味着目前有 10 亿左右的中国人在使用具备摄影摄像功能的智能手机。智能手机的拍摄功能多已进行过智能化设计，已提前为拍摄者预设好了可能面临的各种问题，加上后期各类满足市场需求的手机软件的配合，各种视效和风格便都可以一键完成。这一切，无疑打破了摄影的技术壁垒，使图片得以便捷化生产，得以快速传播。

城已睡去，
人仍醒着。

夜色撩人
正当时

▲ 台湾士林夜市

当夜幕降临，城市的另一面开始苏醒。这一刻，城市"多巴胺"开始被激活，城市文化的黑夜空间也被唤醒。这其中，有那么一群人，他们是城市夜生活的参与者，更是夜间快乐的制造者。

什么是夜生活？青岛人的答案可能是"哈（喝）啤酒，吃蛤蜊"；澳门的游客，也许会说是五光十色的娱乐场所；而香港夜晚的霓虹灯，可能会替香港人作出回答。

随着人们消费需求升级和消费体验多样性增多，夜间消费开始从传统模式走向新型模式。近年来中国夜间经济市场规模快速增长，各地都试图通过本地自然资源、历史文化资源、都市商圈资源等要素叠加，打造本地的夜间经济名片。

1994 年出生的程玉颖是重庆欢乐谷的一名舞蹈演员。学习舞蹈表演专业的她，大学毕业后先是在一家培训机构做了两年芭蕾舞老师，"但最终发现自己还是喜欢舞台，不想把自己最好的时光浪费了"，于是她辞掉了工作，并于 2019 年成了欢乐谷里的一名舞者。

夏季，电音节举办期间，为方便游客夜间游玩，欢乐谷每日都开放夜场至晚上 10 点。晚上 7 点左右，环湖大巡游开始，演员们穿着亮眼的服装，热情洋溢地边走边跳。一圈巡游需要 40 分钟左右。巡游结束，演员们还要赶赴晚间表演的其他主题区和场次。一天的演出结束时间，在晚上 9 点左右。碰上排练新舞蹈，加班到凌晨一两点也是常有的事。

程玉颖形容自己的工作"又累又好玩"，最大的获得感，是看到游客发自内心的笑容。

有人说，在青岛石老人沙滩，流动性最强的是沙子，其

▲ 重庆欢乐谷夜场巡游舞者程玉颖　　　▲ 青岛石老人沙滩附近，民谣歌手款款歌唱

次是路演歌手。作为石老人沙滩出勤率最高的歌手之一，昵称"聪哥"的孙聪伟，是2020年才入圈的新人。

"好的时候，一晚上有近10位路人点歌。我并不是为了赚钱而出门，交朋友才是最重要的。""聪哥"表示，"跟点歌人交流，倾听他们的故事，彼此聊得开心，互相加上微信，成为萍水相逢的朋友，也是一种快乐。"

其实，站在路演歌手面前点歌、听歌是一种非同寻常的体验——面对面的冲击力，粗粝的现场感，这会让路人瞬间被打动。路演歌手中流传着这样的话：如何能让观众掏钱，成败就在怦然心动的一瞬间。

深冬时节，沙滩上行人稀少，"聪哥"仍然坚持为三两个路人开唱。他说："人少更适合交流，特别容易发生感动我的事。"

坚持出勤的"聪哥"，只是青岛路演歌手之一。过路歌手、大学生歌手以及游客客串的歌手也会出现在沙滩上，部分专业歌手偶尔"下凡"，到沙滩开歌友会，现场气氛热烈。

对于许多人来说，告别忙碌的白昼，属于自己的生活才刚随着夜色拉开帷幕。夜经济催生中国消费新"夜"态，丰富、有趣、充满烟火气的夜市，正成为人们的钟爱。

夜幕降临，在边陲小城新疆喀什，夜市的烟火气开始升腾。喀什人喜欢巴扎，无论城镇还是乡村，都有各式各样的巴扎。"巴扎是父亲，巴扎是母亲。"从这句维吾尔族谚语也能看出巴扎对当地人的重要性，其内涵远远超出汉语对应的"集市"。对喀什人来说，夜市就是"晚上的巴扎"。

喀什最早的夜市在艾提尕尔清真寺左侧、人民电影院前的小广场处。长期在喀什古城工作的阿迪力江回忆："20世纪八九十年代，夜市上都是没有固定门脸的小摊小贩，三四个人推着维吾尔族那种木头餐车，主要卖羊杂、烤肉、羊蹄、牛蹄这些东西。这些年，古城这边的夜市一直在扩大。五六年前，夜市没有这么大，就在欧尔达希克路口那块儿，后来发展成一条街道，还是旅游带动的结果。"

晚上9点多，古城夜市的食摊已经陆续摆了出来。在恰撒路和欧尔达希克路交会处的小广场上，被一排小摊围起来的舞台旁，啤酒、烤肉已经摆上桌，孩子们趴在舞台边，和游客一起欣赏舞台上维吾尔族少女们曼妙的舞蹈。

如今的古城夜市，集中在欧尔达希克路上，呈直角分布。道路两旁是排列整齐、琳琅满目的餐车，大一点的档口后面是饭店，可供堂食。喀什当地人以主食、肉食为主，瓜果次之，蔬菜完全沦为边缘配角。夜市的美食配置逻辑，同样如此。羊杂、烤肉、胡辣羊蹄，是夜市的绝对主角；酸奶、凉粉，

▲ **1** 喀什夜市

2 山东淄博，烧烤店的门前大排长龙，食客展示"烧烤三件套"——小炉、小饼加蘸料

夜色撩人正当时

这些则是大快朵颐之后的清爽伴餐。随着网红经济的发展，全国各地的夜市售卖的美食有雷同的趋势，但喀什的夜市仍坚守着纯粹本土特色，而非天南海北的小吃杂烩之地。

与内地充满烟火气的夜晚不同，在西沙群岛的夜晚，守岛官兵独守海岛的宁静。在巡逻之余，他们用延时摄影方式拍下了西沙璀璨的星空。银河灿烂，缀满星空，这如梦似幻的美丽画卷背后是西沙官兵的无限忠诚与无私奉献。他们守望祖国海空，用青春和热血守护着我们心中的星辰大海。

夜更深了，餐馆的霓虹灯愈发吸引人。在深夜的食堂，人们一边品尝着美食，一边回味着生活。

在凌晨2点的厦门，明发商业广场的美食街灯火通明，处处是深夜食堂，人声鼎沸。"两位吃夜宵吗？我们新店开业有优惠，烤鱼、烤肉啥都有，里面坐，了解一下。"见有路人迎面走来，餐厅销售员李启文拿着菜单，一个箭步上前揽客。路人见状，摆一摆手便走开了。一晚上被拒绝上百次，这样的场景李启文已习以为常。

李启文来厦门已经有几年，他一直从事餐饮销售工作，每天下午5点到次日凌晨5点是他的上班时间。"多的时候一个晚上能拉来二三十桌的客人，少的时候也就四五桌。"李启文说，这份工作虽然辛苦，但他挺满足的。

凌晨的明发商业广场烟火气十足，觥筹交错间，人生百态尽显。夜幕下放眼望去，李启文的同行随处可见，基本上每家餐馆都会招一两个销售人员负责揽客，他们是深夜食堂的"摆渡人"。"我来厦门，希望能在这儿多学些餐饮行业的本事，等时机成熟就回昆明开家特色小吃店。"谈起未来，李启文在无数个深夜中埋下了对未来的希望。

　　凌晨2点40分，吃夜宵的人慢慢变少了，李启文手里拿着菜单四处张望，等待凌晨三四点钟在酒吧夜场工作的人下班，期盼着能再促成几单生意……

　　夜夜夜夜夜……形形色色的各路人在夜里相聚，他们是白天辛勤工作的工人，是匆匆穿行于城市街巷间的出租车司机，是辛苦值班的医务工作者……正是这样一群平凡的人，让生活得以在昼夜流转中始终闪耀出七彩的光芒。人们在夜晚重新发现生活的美好，治愈灵魂，在夜晚脚踏实地地追求属于自己的一份小小幸福；人们在被夜晚治愈的同时，也在不知不觉中温暖着他人。

　　　　　　　　　　　　　　　夜色撩人正当时

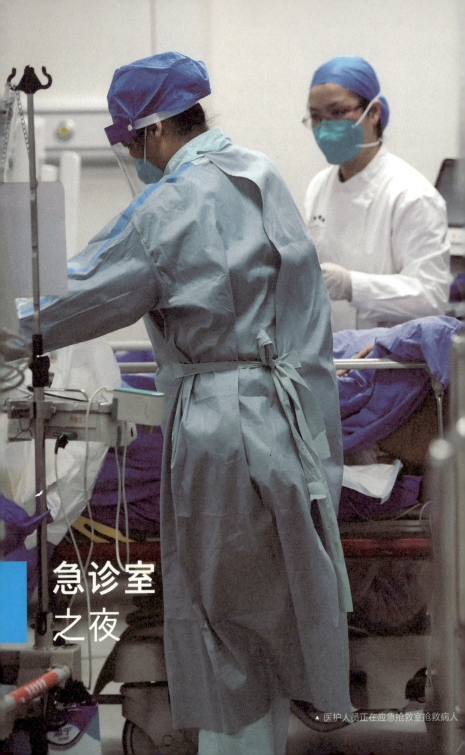

急诊室
之夜

急诊科的医生，被称为"生死间的摆渡人"。深夜的医院急诊科，灯光彻夜长明，这里每时每刻都在上演着惊心动魄的故事。生和死，病痛和健康，漫长又揪心的等待……在这个狭小又紧张的空间里汇聚。

随着夜幕降临，当忙碌了一天的人们纷纷踏上回家的归程时，属于日照市人民医院急诊科院前急救医生侯文龙的"战斗"才刚刚开始。

2023年1月14日晚10点，日照市人民医院急诊大楼外，一辆120急救车呼啸而至，打破了夜的宁静。

"孕妇怀孕26周，因为生气造成过度换气综合征，在车上给予氧气等急救措施后，孕妇的症状现在有所缓解。"将孕妇从急救车上抬下后，院前急救医生侯文龙一刻也不敢耽搁，迅速将患者情况向急诊科夜间值班医生陈述后，又开始了下一轮的紧张工作。冬夜寒风阵阵，只穿着一身单薄工作服的侯文龙此刻却已经满头大汗。

"这段时间比较忙，每台夜班急救车一晚上得出车 20 次左右。从接到出车电话到出门不能超过 3 分钟。"侯文龙说，"打 120 的患者基本上都是危重症，虽然出车距离不一样，但我们都会尽快到达目的地。"

"院前急救是医院面向社会的窗口，是抢救危重病人的前沿阵地，工作的突出特点就是个'急'字。"侯文龙坐在电脑旁一边完善患者信息，一边快速地说。急救医生的工作性质决定了接到任务必须争分夺秒，准确判断病情，快速处置，将病人安全送到医院。饭吃到一半接到出车任务，成了家常便饭——立即放下碗筷出车，等回来的时候饭也凉了。

抬、背、推、跑，是院前急救医生的基本操作。因此，院前急救不仅考验医生的反应和处置能力，对体力也是一种考验。很多老旧小区没有电梯，担架在狭窄的楼道内无法转弯，急救人员只能将患者背下楼。"性命相托，没有比这个更重要的了。"侯文龙说。

时间就是生命，呼救就是命令。急病人所急，手段专业，能尽快解除来诊患者的病痛，这是每一个急诊人的想法，这种念头也深刻地烙印在每一位急诊人的骨髓里。

"医生！快！"急救车到达门口，贵州省人民医院预检分诊台的几名护士立即紧张起来，边向病人家属作简要询问，边把病人推进了抢救室。

抢救室里，急救医生吴光洁和同事已准备到位，一场抢救生命的"战役"开始。

中秋之夜，万家团圆时，急诊室的医护人员仍在坚守岗位，守护着生命和健康。当天，吴光洁要从下午值班到午夜12点。晚饭时间，家人团聚时，她到医院食堂简单吃了点东西，又投入紧张忙碌的工作中。

贵州省人民医院急诊科设置有预检分诊台、抢救室、内外科诊室以及留观室、急诊ICU等区域。"每天都会遇到各类突发情况，需要快、准、稳地处置，工作强度大、压力大，这对医护人员的综合素养要求非常高。"急诊内科副主任吕霞说。

位于一楼大厅的预检分诊台是整个急诊科的枢纽，病人进来后都要先到这里登记。在值班护士游义英看来，这个岗位看似简单，其实很关键，需要第一时间根据病人生命体征情况迅速进行判断。

一位90多岁的老人因突然发烧、咳嗽被送来医院，家属很是着急。医生一边帮老人进行各种检查，一边和老人家属做好沟通交流，稳定家属情绪。"父亲年事已高，就算是普通的病，我们也得把他送来医院才放心。看到医生们在节日期间依然坚守，而且还能顾及每位病人，很是感动。"老人的女儿王女士说。

与预检分诊台一墙之隔的抢救室是急诊科的重点区域。抢救室内，是喧闹的，也是安静的，只听得到监护仪的"嘀嘀声"，病人粗重的喘息声，医护人员匆忙的脚步声，以及他们讨论患者病情的低语声……喧闹的背后，是每时每刻都在上演的一幕幕争分夺秒抢救生命的故事。

忙完一个又一个的检查和急救，时间很快到了午夜，另一组接替值班的医护人员到岗，大家也终于得到一丝喘息的机会。

卢骁是浙江大学医学院附属第二医院急诊医学科副主任医师，不少人因关注《令人心动的 offer》成为他的"粉丝"。

▲ 急诊科男护士在抢救室内倾听一位患者说话

节目中，很多人看到了卢骁刚毅外表之下的柔软内心，说他是现实版"星空下的仁医"。参加节目后，他开始在社交平台记录急诊室的故事。卢骁分享急诊室的故事，不仅仅是为科普医学知识，他还希望有更多的人文关怀、更多的真实美好被看见。

"原以为你已经要好了，没想到天使还是想带你走，凌晨3点飙车来到医院但是依然没有拉住你，我真的尽力了。"2022年7月26日，卢骁在微博上更新了一条动态。

"患者被送过来的时候，情况非常糟糕，基本上是没有希望了。可是患者父母什么都没说，非常配合，就让我们尽力救。在我们的努力下，患者的情况神奇地好起来了，心肺功能基本恢复，呼吸机等被顺利撤掉，神智也清醒了。已经好了快一周了，我们都准备将他转到病房了……"卢骁说。那时候大家都以为这个年轻人挺过来了，但是……这是卢骁最不愿意见到甚至觉得特别绝望的时刻。

深夜的急诊室，卢骁曾经这么形容：有心跳，有哀吟，有眼泪，有疼痛，有坚守，有希望，还有爱……

下一秒到底是转折还是终点，在急诊室可能谁也不一定能百分之百预见。即便如此，和卢骁一样的急诊室医护人员们依然在奋力追赶和守护，他们最大的心愿，就是让"为生命永远亮灯"的急救室中充满温情，让生命永远延续。

急诊室之夜

夜幕下的
"动车医生"

▲ 刘蔚超站在高铁车厢上检查用电设备

当夜幕降临，拥挤的人潮逐渐散去，高铁车站似乎变得宁静起来，但在众人或看不见或不注意的地方，仍然有很多人在忙碌着。为确保乘客安全、准点、便捷、舒适出行，他们昼伏夜出，奔波忙碌，对列车进行着相应的检查、维护和清洗等工作……

　　西安是中国十三朝古都，也是中国重要的铁路枢纽之一。零点十五分，这座拥有3000多年历史的古城，正在夜幕下渐渐沉寂，而离主城区10多公里远的草滩镇，有一处地方却灯火通明，那里的"夜猫子"们早已开启了他们崭新的一天。

　　夜幕下，动车检修车间的站台上灯光闪烁，高铁列车的银色车身在灯光的映照下显得格外醒目。机械师们换好工作服和安全帽，拿起各类专业工具，如同医生般对列车开始了全方位的"体检"。

　　　　　　　　　　　　夜幕下的"动车医生"

刘蔚超和胡璐都是"90后"，他们是西安动车段郑西运用车间动车组的机械师。凌晨3点，是二人最清醒的时候。这种与常人完全颠倒的作息，让朋友们常常调侃他们过的是"美国时间"。

　　截至2023年底，中国高铁运营里程达到4.5万公里，高铁列车成为人们出行的重要交通工具。在中国，高铁列车大多朝发夕至，时速一般在250—350公里之间。高速运行，对列车零部件和行车系统的精准性要求极高。列车白天在线上跑，清洗、保养和检修工作就只能安排在夜里。因此，注定要有一群人，过着昼夜颠倒的生活。

　　动车组机械师的工作看似简单，实则是对脑力、眼力和体力的高强度考验。从深夜到清晨，动车组列车会在检修车间短暂停留。在这段有限的时间里，动车组机械师们要对十几组动车进行全方位"体检"，发现并及时更换受损的零部件。从车轮到车厢，从电气系统到制动系统，每一个细节都不能有丝毫马虎。机械师们需要以专业的知识和技能，确保列车在第二天能够安全、准时地运行在千里之外，这事关无数人的安全和幸福。

　　刘蔚超和胡璐的工龄均已超过5年，对动车组列车的每一个部件可以说是了如指掌。在"体检"过程中，他们不仅

▲ **1** 一列列高铁列车宛如银色巨龙蓄势腾飞

　2 凌晨3点，是刘蔚超（左）和胡璐（右）最清醒的时候

夜幕下的"动车医生"

要面对复杂的技术问题，还要应对各种突发情况。有时，一个小小的螺丝松动就可能引发严重的后果。因此，他们必须时刻保持警惕，不能有丝毫懈怠。

伴着晨雾，动车组机械师一天的工作结束了。下了夜班，刘蔚超和胡璐会第一时间回家补觉。但这一觉睡得并非完全踏实。家人准备好了午饭，无论如何，他们也得起床去吃两口。虽然是上二休二，但在休息的这两天，想要延续工作日的作息，显然是不太可能的。胡璐有时会利用休息日的下午学学习、打打游戏，刘蔚超则会为两天没见面的爱人做一桌丰盛的晚饭。

每个月总会有黑眼圈加重、生物钟紊乱的几天，这是属于动车组机械师们的"至暗时刻"。但刘蔚超和胡璐却觉得，这份工作是一个难得的历练机会：这份工作若能干好，其他的岗位也都不在话下了。而且，看着动车组列车在线上飞驰，本身也是一件让人自豪的事。

大多数高铁列车都是夜间停运，但也有特殊情况。2023年9月30日凌晨1时49分，从广州南开往襄阳东的G4682次列车从广州南站第8股道上缓缓驶离车站，修长如陆地"钢铁巨龙"的列车渐渐加速后，消失在茫茫夜色中。车上1000多名乘客在早上7点58分抵达襄阳，开启一天新的旅程。

为满足乘客出行需求，2023 年中秋国庆长假期间，广州、深圳等地加开 11 天通宵的"夜高铁"。准备到长沙旅游的乘客林盈没有抢到白天的高铁票，但在铁路部门加开夜间高铁列车后，成为这一举措的受益者："抢到票时特别开心。我们是 2 点钟出发，5 点钟到长沙。在这个季节的广东，晚上出行会比白天更凉快，体验感还挺好。"

　　滚滚人流背后，是克服诸多困难开行的"夜高铁"。大量增加夜班高铁列车后，一是部分列车使用时间将延长，列车的检修时间将进一步压缩；二是铁路设备晚上也需要检修，从而对设备检修效率提出新的考验；三是列车上的服务人员以及高铁司机也需要调整自己的作息时间，确保列车运行安全。

　　在夜幕中工作的高铁人，还有很多很多，比如检测轨道是否平顺的高铁线路工，为高铁"洗澡""美容"的高铁清洗工。正是他们的守夜不眠，才换来高铁列车的日行千里。

　　疾驰的列车承载着希望，从他乡奔向故乡。车轮旋转，连接起千里之外的思念与梦想。脚步铿锵，高铁人的每一滴汗水，都化作了列车平稳前行的动力。他们在夜色中追寻光明，守护着千家万户通往幸福的轨道。

　　　　　　　　　　　　　　　　夜幕下的"动车医生"

咱村
开赛了

▲ 贵州省首届"美丽乡村"篮球联赛总决赛激烈进行中

运动场里"激战正酣"，观众席上山呼海啸，中场表演别开生面。呐喊、鼓点、笑语、欢歌交织汇聚，掀起一股激情澎湃的热浪，尽情释放乐业安居的幸福……这是现象级的农民赛事"村BA""村超""村排"火爆上演的热闹场景。

　　月上柳梢头，人约黄昏后。数万名观众挥舞手机电筒闪耀全场，就像万颗星辰点亮了夜空。这并不是明星演唱会，而是"村口的篮球联赛"决赛现场。2023年3月25日，随着一声哨响，贵州省首届"美丽乡村"篮球联赛总决赛在台江县台盘乡台盘村开打。比赛从黄昏打到午夜，两万多人的现场几乎无人离席，赛场周边的围墙上、梯子上、房顶上，全部挤满了观赛的群众。锣鼓喧天，阵阵欢呼声在群山之间回荡。

　　由于场地在农村，比赛主要由村民组织和参与，台盘村

咱村开赛了

篮球赛被网友亲切地称为"村BA"。所谓"村BA"，其实是村里的传统活动。台盘村272户近1200人，多为苗族。农历六月初六，是当地苗家农事节日"吃新节"，按惯例要举办斗牛、赛马、吹芦笙、唱苗歌等文体活动，篮球赛则是传承已久的重头戏。

由于比赛现场不收门票，座位先到先得，总决赛首日，贵州省黎平县的吴斌喜带着一家四口，开了3个小时的车来到台江县。比赛是当晚7点半开始，他们一家上午10点多就去到赛场"占座"。当地一位肉铺老板为了提前到达赛场，把收款二维码放在案板上就离开了，村民想买肉就自己割肉付款。

放眼望去，观众席好不热闹，有的端着酸汤鱼火锅边吃边看，有的穿着民族服饰拿着手机现场直播，有的甚至举着吊瓶也不耽误助威呐喊……当地特有的斗牛号子"呜——呜——"响彻全场，敲击锣鼓甚至锅盆的助威声、带着浓浓乡音的现场解说声夹杂其中……环目四顾，满满当当，氛围堪比职业赛场。

比赛中途突然下雨，热烈的氛围却丝毫不减，球员们把毛巾绑在鞋上继续驰骋，观众们用盆、塑料袋、纸壳等挡雨，有的直接淋着雨。3天4场比赛，每天现场都有2万观众，

▲ 1 村民边看"村BA"边直播成为新时尚

2 贵州"村BA"冠军获得由国家级非遗传承人纯手工打造的苗族银帽

3 除了激烈的比赛，贵州"村BA"现场的表演活动亦精彩纷呈

179

网络直播累计观看量更是达数亿人次。

没有商业广告，也没有职业球员，球场上奔跑的基本上都是农民和当地求学归来的大学生。中场休息时，苗家阿哥阿妹会献上苗族特色歌舞。总决赛的奖品除了奖牌，还有苗族银帽，台江当地的鲤吻香米、鲟鱼、麻鸭等土特产，甚至黄牛、猪羊等。从竞赛组到气氛组，村民包干到位、有模有样。本乡本土的民间高手、深度沉浸的赛事体验，让"村BA"总是不缺喝彩。

在台盘村，村民们对篮球的热爱是刻在骨子里的，陆大江就是其中之一。81岁的陆大江从七八岁时就开始接触篮球。过去他们在泥地里用四根树干撑起两块简易篮板，配上竹编篮筐，用石灰在泥地里画出界线。篮球则是用棉花、麻线绑成的"棉花篮球"。"从小跟着大人们在泥地里打球，一场球下来，石灰线都被踩掉，'棉花篮球'也被打散。"

小小村赛催生全国大赛，乡村群众体育不断释放活力。山东首届和美乡村篮球赛（"村BA"）刮起了"山东大汉"风。这是因为队员们身高普遍在1.8米以上，1.9米以上的队员也不少见。这些队员中，不乏种植大户。如临沂沂水县龙家圈街道篮球队队员田磊，2017年返乡创业研究蓝莓种植技术，如今在12个现代化生态农业大棚里种植了5万棵蓝莓苗；

德州陵城区糜镇陈鞏村民族团结篮球队队长陈琪，是一位"00后"农场主，经营土地320亩，种植小麦、玉米。他们通过个人奋斗，为身后的乡村带来了新的希望。

2023年，除了"村BA"，同样源自贵州的"村超"，亦成为网络热词。"村超"的全称是"贵州榕江（三宝侗寨）和美乡村足球超级联赛"，是由贵州榕江20支以村为单位自发组建的足球队创办的一场业余联赛。参照"英超""中超"的称呼，网友们将"村超"的头衔送给了这项极具烟火气的基层联赛。自2023年5月开赛以来，无论是现场观众人数，还是网络点击次数，各项数据屡创新高。与"村BA"一样，

▲ 贵州"村超"超级星期六乡村足球之夜现场火爆

咱村开赛了

"村超"已不再只是一项乡村体育活动，也成为乡村的一场全民狂欢：绿茵场上，"倒挂金钩"、头球破门等精彩动作轮番上演；中场间隙，身着传统服饰、载歌载舞的拉拉队让现场氛围更加热烈；观众席上，不同年龄、不同地区的游客热情观赛……

两根鱼竿一撑、一张渔网一拉，便组成一个简易球场；椰子叶编织的球里塞进椰子丝便成了自制排球。这项20世纪初传到海南文昌的运动，如今已在椰林树影间扎下根来。在文昌排球圈里，年过半百的黄梓可是一位响当当的人物。年轻时，他曾是球场上的猛将，现在虽然年纪大了，跑不动了，但是他对排球的热情依旧不减。当晚的乡镇排球联赛就要开赛，老黄又忙碌了起来，他把定制的球迷服装装上了车。场上比赛激烈，场下座无虚席。与平常的六人制排球比赛不同，这里打的都是九人制排球。不仅参与比赛的人多，而且不少队员光着脚或穿拖鞋上阵，快攻、扣球、拦网，打得有声有色。

在文昌，村村有球场，人人会打球。在文昌，在这样的赛场上，最常见的事就是遇到熟人。参赛球员可能是放暑假回家的"二哥"，也可能是在镇上开店的"三叔"，彼此沾亲带故，互相知根知底。比赛是业余的，赛事组织却不潦草。体育老师当裁判、青春靓丽的排球宝贝、幽默诙谐的解说嘉宾、五花八门的直播设备，甚至球场周边的赞助商广告，这些职业赛场元素一应俱全，啦啦队队长黄梓更是忙得不亦乐乎。比赛不仅吸引了当地人，还吸引了不少球迷特意从外地赶来体验文昌"村排"的魅力。

2024 年 8 月 8 日是中国的第 16 个全民健身日。自 2009 年确立全民健身日以来，"运动是良医"的理念在中国深入人心，全民健身和全民健康逐渐实现全方位、深层次的融合。红红火火的乡村体育运动，就是中国全民健身热的一个生动侧影。

回村
过大年

▲ 放假回家的山东邹平崔家社区小朋友

农历新年的钟声敲响，窗外烟花璀璨，万家灯火通明，人们或欢聚一堂，或拨通电话、发出微信，与远方的亲朋互道新春的祝福。老人给孩子们手里塞上压岁钱，孩子们则兴奋地去院子里放鞭炮……此时此刻，亲情、友情与爱一起凝聚，描绘出一幅独特的中国传统春节画卷。

百节年为首。在中国，"农历新年"是最重要的传统节日，"回家过年"是中国人最深的乡情、最浓的乡愁。从腊八节（农历十二月初八）开始，人们就开始进入了"过年时间"——忙碌了一年的人们，为即将到来的春节打起万分精神，赶大集、备年货、扫房间……渐浓的年味，也饱含着人们对生活的热爱和对来年的期许。

"小孩小孩你别馋，过了腊八就是年……"2024年1月18日，正是腊八节，地处黄河安澜湾南岸的山东淄博高青县

▲ 扭秧歌等民俗活动烘托出浓浓的年味

黄河楼广场热闹喜庆，伴着锣鼓齐鸣和唢呐吹奏，舞龙舞狮、高跷芯子、千人秧歌等山东特色民俗活动接连上演；鲁味年货、非遗文创、地理标志产品等物品的展示展销令人目不暇接……2024 春节山东乡村文化旅游节在这里正式启动。"家家挂红灯，户户贴春联，村村有好戏。"过年怎么更有年味？山东邀您回村过大年！山东向全国乃至世界各地朋友发出诚挚邀约，邀大家来山东体验乡村旅游，近距离感受齐风鲁韵、好客山东。

过年怎么能少得了民俗表演？在黄河楼广场上，济南西关高跷队伴随欢快的鼓点迅速变换队形，引来现场观众阵阵喝彩。"今年春节前后，我们已确定在济南、临沂、潍坊、东营等地开展130余场表演，希望能让更多人了解并喜欢上高跷。"济南西关高跷队负责人刘海峰说。2024年是中国龙年，龙在中国传统文化中是吉祥的象征。"田氏草编"非遗传承人田孝宾的展位上展示着一只2.4米长的"草编龙"，他还以龙年为主题制作了真龙版和卡通版麦秆画，深受人们喜爱。

在中国人的记忆中，赶大集是春节前必不可少的一件事。大集不仅仅是购买年货的场所，更是人们欢聚一堂、交流情感的重要社交平台。大集上，熙熙攘攘、人声鼎沸，充满了浓浓的人间烟火味。

农历腊月初九，在山东邹平明集镇黄河大集上，吆喝声、叫卖声此起彼伏。晶莹剔透的糖葫芦、活蹦乱跳的鲜鱼、整整齐齐的锅碗瓢盆、色泽鲜艳的衣服鞋帽，各种肉类、水果蔬菜一应俱全，来赶集的没人会空手离开。

俗话说"踏进腊月门，年味铺满集"，赶集置办年货的人一拨接一拨。"现在很多东西都能从网上买到，但还是想来赶年集，在观赏与挑选中感受浓浓年味。"跟着父母一起赶集的大学生小颜说。熙熙攘攘的黄河大集聚拢着人间烟火，承载着一代又一代人的深厚情结。

从集头往里走，行进到中间位置，有两个摊位引起了不

187

▲ 1 游客在北京八大处庙会上体验传统叫卖
  2 回家过年的年轻人开心地自拍打卡

少人的驻足。红色福袋、粗布老虎、热腾腾的丸子等明集非遗产品呈现在群众眼前。

"做福袋的粗布全是我们自己一梭一梭织出来的。然后裁剪、叠加拼角、缝制……再一针一针地缝制起来。"苗家老粗布制作技艺传承人孙春香一边现场制作福袋，一边介绍自己的工艺。非遗展销搭上黄河大集，让赶集的人们近距离感受非遗文化的独特魅力。大家认真欣赏这门老手艺的同时，还不忘带一个福袋回家，带一份祝福回家。

农历每月逢一、六日，是山东胶州里岔镇开集的日子。里岔大集源于明朝年间的尧王山庙会，距今已有 300 多年的历史。近年来，这个老集上出现了一批年轻摊主。他们不仅对着来往的路人叫卖，还各自对着手机直播。25 岁的赵中铭就是一位直播赶集的摊主。大学毕业后，赵中铭回到家乡，接手了家里的黑猪养殖场，他称自己为"猪倌小赵"。

"简单易脱骨、小朋友最喜欢的小肋排，链接已经放小黄车里啦，想要的朋友记得及时拍下……"得益于经常在集上直播卖货，赵中铭收获了很多客户。

"路人可能不买，但有的会过来看看，甚至要个联系方式。在大集上实景拍摄，网友们会因为浓重的烟火气产生信任和好感。这些人都可能成为潜在客源。"赵中铭说。前些

189

日子，他的一场大集直播在线人数达到了几千人，播放量也冲到好几万次，好多人私信索要购买方式。"眼下进入腊月，之前积累的客户就找过来了。"赵中铭高兴地说，"过年买些黑猪肉礼盒当作走亲访友的伴手礼，再合适不过。"

乡村给人们提供了娱乐的舞台，在乡村过大年，是对新年仪式感的追求，更是发自内心的释放。比如，已走俏多年的"村晚"。"村晚"是"乡村春晚"的简称，是人们自编、自导、自演的乡村文艺晚会。若论"资历"，早在1981年小年夜，浙江丽水庆元县月山村就已上演全国第一台"村晚"，比央视春晚还早两年。

山东的村晚也是异彩纷呈。2月11日大年初二，枣庄市薛城区沙沟镇郭洼村沐浴在冬日暖阳里。一大早，郭洼村庄户剧团团长郭志辉直奔村头广场，忙活起"富美郭洼 龙腾2024"春节联欢晚会。夜幕降临，灯光亮起，广场热闹起来。没有悠扬天籁，没有大腕演员，一场原汁原味接地气的文艺晚会，在歌舞《好运来》中拉开了序幕。广场舞、龙鼓表演、村民大合唱、豫剧、流行歌曲、情景剧等26个由村民自编自导自演的节目轮番上演。台下的村民王香举着手机拍个不停：

在年货大集上吃冰糖葫芦的小朋友 ▶

"我要发到朋友圈，给大家看看咱郭洼村老百姓自己排的节目多好看。""我们为每一个闪耀的瞬间斟满酒，因为都是岁月赋予了我们宝藏。下面请欣赏歌曲《我为岁月斟杯酒》。"歌声响起，台下不少返乡游子眼眶湿润了。"走得再远，郭洼村还是根。"郭允浩今年早早买票回家，陪父母过春节，他一边鼓掌一边感慨，"咱枣庄方言听着就是亲，这节目提气。""我们的'村晚'就是让老百姓做主角，乡村做舞台，将村味、土味、年味组合交融。"拭去额头的汗水，郭志辉说，本地演员、草根"民"星轮番登台，展现了郭洼村别样的乡村文化，让人感受到浓浓的乡情。"演的是乡亲，说的是乡音，唱的是乡愁，舞的是乡情。这不仅是一台晚会，更是一顿地方特色文化大餐。"

回归乡村，赶大集、买年货、剪窗花、扭秧歌、办"村晚"……几千年来，人们不断地体味过年的乐趣，丰富过年的内容，乡村的年味愈发浓郁，这根源于中国人对过去的敬畏、对未来的期望，是乡村对中华优秀传统文化的保留，也是乡村对社会发展的最好见证。回村过年，在那热闹的大集上，在那氤氲的炊烟中，在那升腾的饭菜中，体验至真、至纯的乡愁味道和家的温馨。